AF202507

Tucholsky Wagner Zola Scott Sydow Freud Schlegel
Turgenev Wallace Fonatne

Twain Walther von der Vogelweide Fouqué Friedrich II. von Preußen
Weber Freiligrath Frey
Fechner Weiße Rose von Fallersleben Kant Ernst Frommel
Fichte Richthofen
Engels Fielding Hölderlin
Fehrs Faber Flaubert Eichendorff Tacitus Dumas
Eliasberg Ebner Eschenbach
Feuerbach Maximilian I. von Habsburg Fock Eliot Zweig
Ewald Vergil
Goethe Elisabeth von Österreich London
Mendelssohn Balzac Shakespeare
Lichtenberg Rathenau Dostojewski Ganghofer
Trackl Stevenson Hambruch Doyle Gjellerup
Mommsen Tolstoi Lenz
Thoma Hanrieder Droste-Hülshoff
von Arnim
Dach Verne Hägele Hauff Humboldt
Reuter
Karrillon Rousseau Hagen Hauptmann Gautier
Garschin
Damaschke Defoe Hebbel Baudelaire
Descartes
Hegel Kussmaul Herder
Wolfram von Eschenbach Dickens Schopenhauer
Darwin Rilke George
Bronner Melville Grimm Jerome
Campe Horváth Aristoteles Bebel Proust
Bismarck Vigny Barlach Voltaire Federer Herodot
Gengenbach Heine
Storm Casanova Tersteegen Grillparzer Georgy
Chamberlain Lessing Langbein Gilm
Brentano Gryphius
Strachwitz Claudius Schiller Lafontaine
Katharina II. von Rußland Kralik Iffland Sokrates
Bellamy Schilling
Gerstäcker Raabe Gibbon Tschechow
Löns Hesse Hoffmann Gogol Wilde Vulpius
Luther Heym Hofmannsthal Gleim
Roth Klee Hölty Morgenstern Goedicke
Luxemburg Heyse Klopstock Kleist
La Roche Puschkin Homer Mörike
Machiavelli Horaz Musil
Navarra Aurel Musset Kierkegaard Kraft Kraus
Nestroy Marie de France Lamprecht Kind Kirchhoff Hugo Moltke
Laotse Ipsen Liebknecht
Nietzsche Nansen
Marx Lassalle Gorki Ringelnatz
von Ossietzky Klett Leibniz
May vom Stein Lawrence Irving
Petalozzi Knigge
Platon Pückler Michelangelo Kafka
Sachs Poe Liebermann Kock Korolenko
de Sade Praetorius Mistral Zetkin

Gedelöcke

Wilhelm Raabe

Impressum

Autor: Wilhelm Raabe
Umschlagkonzept: toepferschumann, Berlin

Verlag: tredition GmbH, Hamburg
ISBN: 978-3-8424-7043-9
Printed in Germany

Text der Originalausgabe

Wilhelm Raabe

Gedelöcke

1.

Von der Stadt Kopenhagen und dem Kurator Herrn Jens Pedersen Gedelö-
cke

Teilweise auf der Insel Seeland und teilweise auf der Insel Ama-
ger liegt, wie mancher Schuljunge, aber nicht jeder Gelehrte weiß,
die Stadt Kopenhagen, die Hauptstadt des Königreichs Dänemark,
wohl versehen mit Fortifikationes sowohl auf der Land- wie auf der
Seeseite, eine feine und schöne Residenz, und seit uralten Zeiten
durch mannigfaltige Handels- und sonstige Interessen mit Deutschland im, wenn auch nicht zärtlichen, so doch recht angenehmen
und freundnachbarschaftlichen Verhältnis. In dieser Stadt lebte zu
Ende des siebenzehnten und zu Anfang des achtzehnten Säkulums
christlicher Zeitrechnung ein Mann des Namens Jens Pedersen Gedelöcke, und daß er ebendaselbst starb, ist uns insofern erfreulich,
als uns das Faktum den Hauptstoff zu gegenwärtiger in Wahrheit
ungeschminkter, unverbrämter, unbefranster, kurz ungelogener
Relation geliefert hat. Denn wäre er nicht gestorben, so hätte man
ihn auch nicht begraben können, und wäre er nicht begraben worden, und zwar mehr als einmal, so wäre auch nicht Anno 1731 zu
Cölln an der Spree die Historia von seinem »sonderbaren Glauben,
Leben, erstaunenden Tode und merkwürdigen Begräbnis« zum
erstenmal in Druck ausgegangen, und wir hätten dieselbe nicht im
Jahre 1865 zu Stuttgart auf dem Trödelmarkt um neun Kreuzer
»Furchtlos und trew« erstehen und zu eifrigem nächtlichen Studi-
um nach Hause tragen können. Da wäre es uns denn auch ganz
gewiß nicht beigefallen, anderer Skribenten Zeugnis und Meinung
über den kuriosen Kasum einzuholen, um der Sache auf den Grund
zu gehen, sintemalen es einen solchen Kasum gar nicht gegeben
hätte. Und wenn uns somit viele und arge Mühe erspart worden
wäre, so würde das liebe deutsche Publikum im ganzen und großen
doch den meisten Schaden davongetragen haben, denn wahrlich
kein Autor hätte ihm diesen Gedelöcke erfunden; der heutige lichte
Tag, so über alle Maßen duldsam und ohne Vorurteile, würde es
nicht gelitten haben.

Doch was stehen wir an der Tür? Jens Pedersen Gedelöcke führte
während seines Lebens den Titel eines Kurators und wird also wohl

auch einer gewesen sein, und daß er über andere Sorgen die für seinen Leib nicht außer acht ließ, ist über allen Zweifel erhaben und wurde, solange er sich des Daseins erfreute, durch seine wohltuende Erscheinung verbürgt. Denn wenn er von Statur mehr klein als groß war, so schob er doch ein ungemein behaglich Bäuchlein vor sich her; und daß er nicht durch das Leben hastig und atemlos lief oder mit Würdigkeit und Bedachtsamkeit langsam schritt, sondern es zierlich, ja gewissermaßen tänzelnd durchtrippelte, mußte ebenfalls für ein nicht zu verachtendes Zeichen innerlichster Satisfaktion genommen werden. Er trug, wie es sich für ihn ziemte, ein wohlanständiges, halbgelehrtes schwarzes Habit, eine wohlfrisierte, tadellose Perücke und den Hut unter dem Arm. Er legte sowohl im Gehen wie in der Konversation das rundliche Haupt ein wenig auf die rechte Schulter, und ein gewisses Blinzeln der kleinen, doch sehr hellen Augen ließ vermuten, daß er a priori wie a posteriori den Kreis seiner Erfahrungen wohl zu erweitern wisse, und das Fältchen in den Mundwinkeln deutete darauf hin, daß er seinen lieben Nachbarn, Freunden und Verwandten nicht alles kommuniziere, was er im Geiste bewege. Man wußte in der Stadt Kopenhagen, daß er mit dem Königlichen Professor der Geschichte, Herrn Ludwig Holberg, in einem sehr lebhaften Verkehr stehe, und was dieses zu bedeuten hatte, das konnte jedermann sagen, der sich an dem großen Gelehrten und kuriösen Humoristen ergötzte oder ärgerte; denn des Mannes Neigung und Freundschaft waren nicht so leicht zu gewinnen, und es erhielten sie nur diejenigen, welche auch wieder etwas dagegen zu bieten hatten. Wenn aber sehr große Leute auf den Kreuzwegen wie Wegweiser stehen, damit alles vorüberwandelnde Hornvieh sich bequem und ohngehindert daran reiben könne, so gehörte Gedelöcke nicht zu den sehr großen Leuten, denn an ihm rieb sich niemand ungestraft, weder im Hause noch in der Gasse, und in der Kneipe gar nicht. Er hatte ein feines Erbteil Mutterwitz mit auf den Lebensweg bekommen und zahlte gern und mit großer Freigebigkeit einem jeglichen, der dessen zu begehren schien, davon aus – einerlei ob ein mehr oder weniger selbstbewußter Schädel aus dem Wehr-, Lehr- oder Nährstande in der gegnerischen Perücke steckte. Am liebsten hatte er's, wenn er einem Mitgliede der höhern oder auch niedern Geistlichkeit in solcher Art einen kleinen Überschuß über das antagonistische Guthaben auf den Tisch zählen konnte, und die Konsequenzen davon hatte er ebenfalls zu tragen.

Es verdichtete sich allmählich der Nebel um den Leuchter und das Licht seiner Existenz, und wenn die hüpfende Flamme dadurch vergrößert wurde, so erschien sie doch auch ungewisser, undeutlicher. Was anfangs nur die nächste Nachbarschaft sich kaum ins Ohr zu flüstern wagt, das schreien plötzlich die Ziegel von den Dächern, und der, welchem der Verdruß auf den Kopf fällt, wundert sich wohl gar noch darob. Die Gerüchte aber, so anfingen, über den Kurator in Umlauf zu geraten, waren im Anfange, ehe sie sich zu der letzten, bestimmten Berüchtigung zusammengezogen hatten, sehr verschieden und wechselnd in den Mäulern der Leute, je nach der Persönlichkeit, welche sich mit Herrn Jens Pedersen Gedelöcke im Widerspruch fand.

Die, welche sich sehr weise dünkten, sprachen von alchimistischen Narreteien, von den blanken Reichstalern, die auf der Suche nach dem Philosophenstein und Menstruum universale sich im Rauchfange des Kurators verflüchtigten, und zitierten mit bedächtlichem Kopfschütteln:

»O schädlich Acidum, das Seelen corrodiret,
Sal sulphur und Mercur zur Höll praecipitiret!
Er suchet Sol im Koth und Lunam in der Erden;
Wie kann das ewig Licht ihm dort zu Theile werden?«

Die Giftigern wollten wissen, er schlage seine Frau Mette geborene Niels, sei ein stinkender Geizteufel, welcher um desto ärger daheim die Zähne fletsche, je manierlicher und kompläsanter er in den Gassen einhertrete. Die Giftigsten aber hielten einander an den Rockknöpfen fest oder steckten über dem Kaffeetisch die Dormeusen zusammen und zischelten einander zu, der Kurator Jens Pedersen Gedelöcke sei auch ein Zeichen, daß nicht nur dem dänischen Zion, sondern dem ganzen Universo die letzte und höchste Stunde nahe, ein Zeichen, wie die soeben von den Astronomis entdeckten Flecken am Sonnenball, so nach der Opinion aller frommen und nachdenklichen Leute ad prognostica propinqua des Jüngsten Tages gehörten. Diese guten Nachbarn und lieben Freunde wußten ganz genau und erfuhren immer besser, der Kurator streife allgemach sein Christentum ab wie die Schlange ihre Haut; er gehe zu seinem größten Seelenschaden nur noch mit den verstockten Juden, ihren Lehrern, Rabbinern und Büchern um, zum Tische des Herrn sei er schon seit Jahren nicht mehr gegangen, den Sonntag halte er nicht mehr heilig, wohl aber der Juden Sabbat, und vor dem Fleisch der Schweine habe er einen unchristlichen Ekel. Es waren bald nur wenige Leute in der guten Stadt Kopenhagen, welche nicht an sich oder andere die Frage stellten, ob dieses nicht unerhört sei und ob nicht zum allgemeinen Salut und zur Abwendung von Gottes Zorn das hochlöbliche Polizeigericht sich der Sache anzunehmen habe.

Daß dieses dritte Gerücht den meisten Anklang und Widerhall in der Stadt fand, war nicht zu verwundern; die besten Freunde hielten dagegen nicht stand, und wäre auch wohl schon früher von oben her ein Einsehen getan, wenn solches bei Lebzeiten seiner Königlichen Majestät, Herrn Friedrichs des Vierten, tunlich gewesen wäre. Dieser Monarch aber war zur Betrübnis aller gottseligen Leute nicht so leicht dazu zu bringen, in solchem Falle einen Spezialbefehl ergehen zu lassen; er war ein feiner, lustiger und polierter Herr, welcher seine Freude am Leben hatte und jeglichen Untertan für das Heil seiner Seele selber sorgen ließ. Wie konnte er, der sogar das Privilegium für das erste dänische Nationaltheater gab und den »politischen Kannegießer« selbst darin belachte, welcher von seinen französischen Komödianten mit sehr merkwürdigem Gusto den Tartüffe des Monsieur Molière agieren ließ, – dazu gebracht werden, einem Untertan ins Haus zu rücken, weil die Nachbarschaft behauptete, der Mann verrichte seine Andacht mit Gebärden, Neigungen des Hauptes und in einem leinenen Kragen, welche dem lutherischen christlichen Ritus und Zeremonial ein Greuel seien? Er tat's nicht, und der Kurator blieb in dem, was er tat, und dem, was er unterließ, insoweit unangefochten; aber es war ein Glück für ihn – Herrn Jens Pedersen Gedelöcke –, daß er, als Königliche Majestät in dem Jahre 1730 das Zeitliche segnete, über jegliche Anfechtung sich ebenfalls schleunigst erhob. Herr Christianus, des Namens der Sechste, stieg auf den dänischen Thron, der »dänischen Komödie Leichenbegängnis« wurde aufgeführt; die dänische Welt veränderte in jeder Weise ihr Gesicht; doch das ist unsere Geschichte.

2.

*Von den Herren Doktores Primus et Sekundus, imgleichen der Frau Mette
Gedelöcke und dem ehrwürdigen Herrn Hieronymus Moekel von der
Trinitatiskirche*

Es war an einem Nachmittag im unfreundlichen Monat Februar
des Jahres 1731, als zwei Ärzte, zu gleicher Zeit eilends herbeibe-
schieden, vor der Tür des Kurators anlangten und beim gegenseiti-
gen Anblick die perückenbedeckten Häupter erhoben und jenes
Lächeln erzwangen, welches so viel schwerer zu prästieren ist als
ein Fußtritt oder ein Faustschlag. Die Namen der beiden Herren
sind unsern genauesten Nachforschungen entgangen; so wollen wir
denn jenen, der in einer Sänfte durch die strömenden Regenfluten
heranschwankte, den Doktor Primus, und jenen, welcher in seiner
stattlichen Karosse eine halbe Minute später anlangte, den Doktor
Sekundus nennen. Sie waren beide glänzende Lichter in ihrer Kunst
und Wissenschaft, und es war eine Freude, ihren gelehrten Diskus-
sionen zuzuhören, vorausgesetzt, daß der Hörer ihnen nicht selber
die Zunge zu zeigen hatte. Wenn Herr Jens Pedersen Gedelöcke sie
beide zu sich gebeten hatte, so konnte dies für ein Zeichen genommen werden, daß es freilich zum Schlimmsten und Letzten gekommen sei, denn er wußte sonst ziemlich genau, was er tat; es fand
sich aber, daß sie nicht auf seine eigene Einladung kamen.

Die beiden gelehrten Herren begrüßten einander auf dem Hausflur des Kurators, wie es sich schickte, mit einem *bonus dies, Collega!*,
einem *Serviteur!* und *quid agis?* –, neigeten längere Zeit an der un-
tersten Stufe der Treppe um den Vortritt die Häupter gegeneinan-
der, hoben und senkten deprezierend die Achseln und schritten
sodann in gleicher Linie nebeneinander aufwärts zum Zimmer des
Patienten, vor dessen Tür sie Madam mit betrübtem Kompliment in
Empfang nahm, und zwar mit dem Finger auf dem Munde, zum
Zeichen, daß Fürsicht und Stillschweigen das erste sei, was sie von
den Herren erbitte. Aus dem Krankenzimmer vernahm man einen
merkwürdigen Gesang, und auf den Zehen schreitend führte die
Frau Mette Gedelöcke die beiden Doktoren in ein Nebengemach,
allwo sie zu ihrer nicht geringen Verwunderung den Pfarrherrn der
Trinitatiskirche, Herrn Hieronymus Moekel, in tiefes kummervolles

Nachsinnen und in einen sehr großen Armstuhl versunken, bereits vorfanden. Da geschah wiederum jenes würdige und zierliche Begrüßen, welches von dem achtzehnten Jahrhundert zu solcher Blüte und Vollkommenheit gebracht worden ist, dessen Wissenschaft und Ausübung aber im neunzehnten Säkulum leider verlorenging und im zwanzigsten vielleicht wiedergefunden wird. Die beiden hochpreislichen Fakultäten taten einander alle gebührenden Ehren an, während die hochbetrübte Hausfrau mit dem Nastuch vor den Augen dazu knickste und sich mit Wimmern und Geschluchz um die große Ehre und Hülfsbereitschaft, so ihr und ihrem Hause von den Herren erwiesen wurden, einmal über das andere bedankte. Erst als der Sitte und dem decoro in jeder Weise genug getan war, konnte, unter fortwährendem Horchen auf den fremdartigen Gesang hinter der Wand, die Konversation auf das Wichtigere geleitet werden, und der Doktor Primus tat dieses, indem er bemerkte:

»Brauche ich Madam leider kaum zu befragen, wie es dem Herrn Eheliebsten am heutigen Tage ergehe. Solches ist das rechte Wetter, die salia zu koagulieren, solches ist die Witterung derer Podagristen; aber der Herr Kollega werden mir beifallen, wann ich Madam die Versicherung gebe, daß der Patienten Ungebärdigkeit nicht das Schlimmste ist, was der Medikus auf seinem Wege zu sehen und hören wünschet. Und Madam darf sich keine unnötigen Sorgen machen, des Herrn Kollegen Sekundi Tinctura solis wird auch heut schon das Acidum obtundieren; der Herr Ehegemahl befindet sich in guter Hand.«

»Die da sündigen, werden dem Arzt in die Hände fallen«, sprach der Herr Hieronymus, das Haupt mit drohender Betrübnis senkend, während die Doktoren schnell die Köpfe in die Höhe warfen und der gelahrte Herr Sekundus die Gelegenheit nahm, mit einer neuen tiefen Reverenz sich bei Seiner Ehrwürden nach dem Verlauf des jüngsten Konsistorialessens und der darauf erfolgten Indigestion zu erkundigen, worauf Herr Hieronymus das Gespräch abermals näher zum Zweck führte:

»Messieurs belieben doch Platz zu behalten! Madam hat uns zu einer wichtigen Konsultation zusammenberufen in dieses Haus, allwo leider der Arzt des Leibes und der Arzt der unsterblichen Seele zu gleicher Zeit zu tun haben. Wahrlich, Madam hat als ein fromm christlich Eheweib gehandelt und ihre Bürde mit Tränen auf sich genommen.

Dieses ist ein Haus worden, dessen Lieblichkeit zu übelm Geruch sich wandelte, ein Haus, dessen Tür belagert ist von unheiligen Geistern, somit Zähnefletschen, Schweifringeln und Schlagen, mit verhaltenem Gebell und Geheul bei Tag und Nacht Einlaß begehren, löblicher Stadt und allem christlich lutherischen Volk zum Skandalum, zum allerschrecklichsten Ärgernis. Ja, die Herren wissen bereits, daß der böse Feind allbereits eingedrungen ist und neben dem Lager des Hausherrn sitzet und sich über ihn beuget und die Zähne mit Triumph blecket. Es klinget ein absonderlicher Sang in unser Ohr; aber Madam möge reden, und Messieurs mögen hören und uns sodann ihre treffliche Opinion mitteilen!«

»Ich bitte!« fiel der Doktor Primus vorerst dazwischen. »Es ist vor allem weitern die Frage zu stellen, ob wir hieher berufen seien als Medici oder als Theologi! Was saget der Herr Kollega?«

»Ich stimme dem Herrn Kollega bei und stelle mit ihm dieselbe Frage.«

»Messieurs«, rief der Pfarrherr mit großem Ernst, »wir sind hier in der dänischen Stadt Kopenhagen, allwo kein Inquisitionsgericht Sitzung hält über die Meinungen, doch weiß hochehrwürdiges Königliches Konsistorium sich auch verpflichtet vor Gott und Seiner Majestät, unserm Königlichen Herrn Christian dem Sechsten. Man spreche, wie man zu sprechen weiß; es wird an andern liegen, die Conclusiones zu ziehen.«

»Ihr Herren, ihr lieben Herren«, jammerte die Frau Mette, »in ganz Kopenhagen, auf ganz Seeland gibt's keine unglücklichere, geschlagenere Seele denn meine. Sie weisen in der Kirche und in den Gassen mit den Fingern auf mich: ›Sehet, da gehet das Weib des christlichen Juden!‹ – Ich weiß mir am Ende nicht mehr zu helfen und kann's nur ertragen, weil mich der Herr Jesus Christus darzu erschaffen hat. Ich bin von lutherischen frommen Eltern allhier geboren, und mein Mann ist aus Helsingör und auch von christlichen Eltern geboren, solches ist ja von der Kanzel abgelesen bei unserer Trauung. Ich will auch in meinem lutherischen Glauben sterben; aber die Zungen der Leute bringen mich vor der Zeit um, und – drinnen liegt er, und der Juden Vorsänger, Meister Henrich Israel, sitzet neben seinem Bett und muß ihm psalmodieren, und es wird von Tage zu Tage schlimmer, wie er mit seiner ewigen Seligkeit umgehet und kein christlich Wort mehr annehmen will und mit den Rabbinern und jüdischen Schriftgelehrten mehr Gemeinschaft pflegt als mit seinem ehrlichen Eheweibe, so ihm doch bei Tag und Nacht den Fuß in Wolle schlagen und des Herrn Doktors Sekundi preiswürdige Medikamente eingeben muß. Ich habe es getragen, getragen, getragen; aber es hat alles sein Ende, und so habe ich es zuletzt zum Herrn Hieronymus Moekel von Trinitatis getragen und vor seiner Weisheit, Tugend und Gottesfürchtigkeit meine Last abgeleget –«

»Und Madam hat gar wohl daran getan«, fiel der Pfarrherr wieder ein, »und die Herren belieben wohl Achtung zu geben und auf jenen Gesang hinter der Wand mit Bedacht zu horchen! Wahrlich, es handelt sich hier darum, christliche Gemeinschaft der Heiligen und ein reines Evangelium vor einem großen und unersetzlichen Schaden und einem stinkenden Ärgernis zu bewahren. Messieurs haben den Herrn Kuratorem dem Leibe nach in allen frühern Morbis und Hinfälligkeiten behandelt; nunmehro aber handelt es sich um eines angesehenen und wohlbekannten Mannes besseres Teil, und die Herren mögen wohl in Obacht nehmen, daß ihr Wort gewogen wird vor einem hochwürdigen Konsistorio, vor Königlicher Majestät erhabenem Thron und zuletzt droben mit der allerletzten Waagschale. So sprechen denn die Herren und sagen, ob der Kurator Herr Jens Pedersen Gedelöcke mentis compos, bei gesunden Sinnen sei und ein verlorener, verruchter Sünder, einer so die Schafe lässet und sich zu den Böcken gesellet, – oder ob ihn des Herrn Hand mit Wahnsinn geschlagen und nur das Irrenhaus mit einem Hirntollen abzurechnen habe?!«

»Herr Hieronymus und liebwerte Madam«, sprachen beide Doktoren mit bedächtigem Kopfneigen; »es ist unsere feste Überzeugung und Meinung, daß der Herr Jens Pedersen Gedelöcke nur am Podagra laboriret und daß, wenn es, was der Himmel verhüten möge, zum Schlimmsten gehen sollte, viel mehr Expektanz vorhanden ist, die Krankheit steige ihm in den Magen, denn in den Kopf, als welchen letzteren es nach unserer Bekanntschaft in dieser erleuchteten Stadt Kopenhagen kaum einen zweiten gleich hellen gibt.«

»So ist dieses Haus auserlesen, für alle Zeiten im feurigen Lichte des Verderbens zu scheinen!« rief der geistliche Herr mit erhobenen Händen, »und von dem Manne hinter der Wand wird's heißen:

Die, so den großen Gott und seiner Botschaft spotten,
Verschlingt der Schwefelpfuhl wie Kor- und Dathans
Rotten!

Es ist der Juden Vorsinger, Henrich Israel, so ihm jetzo seine Leibstücklein vorpfeifet, – wahrlich ein Psalm für einen, so in der reinen Lehre geboren, erzogen und aufgewachsen ist. Wehe, wer wird ihm singen, wenn die Seele den körperlichen Leib verlassen hat? O Fraue, Fraue, wahrlich ist Ihr ein schwer Schicksal auferlegt worden!«

Der ehrwürdige Herr redete sich in immer größere Emotion, die Frau Mette rang mit Wimmern und Winseln die Hände, und beide Doktoren hatten das Kinn auf den Stockknopf gestützt und starrten ins Graue. Da schwieg die Stimme Judäas, und still ward's auch im betrübten Konklave, als ein hager und gelb Gesicht sich in die leise geöffnete Tür schob und ein breiter Mund sich vernehmen ließ:

»Madam, der Herr Kurator wünscht die pläsierliche Kompanie, so allhier bei Ihr versammelt ist, auch bei sich zu bekomplimentieren!«

Sotane Visage eignete Herrn David Bleichfeld, dem Famulo des Herrn Pedersen Gedelöcke, und zog sich ebenso schnell zurück, als sie sich langsam vorgeschoben hatte.

3.

Von dem Famulo Herrn David Bleichfeld

In einem ziemlich großen, dunkelgrün ausgeschlagenen Gemach stand das Bett des Kurators, zu Häupten vor allem bösen Zugwind durch eine spanische Wand geschirmet, auf welcher allerlei chinesisches Volk Tee trank, auch in Gartenhäusern sich erlustierte oder mit großen Sonnenschirmen spazierenging. Von dem Kurator selber erblickte man wenig mehr als die mächtige Zipfelmütze, das rote indische Tuch, mit welchem die Stirn umwunden war, und die blaue Nase, welche eine nicht geringe Ähnlichkeit mit der einer dänischen Bulldogge hatte, deren Konterfei dem Bett gegenüber an der Wand zu sehen war. Beim Eintritt der Gattin, des geistlichen Herrn und der beiden Arzte erhob sich die Nase um ein weniges; der Famulus schob dem Kranken noch ein Kissen unter den Kopf, worauf die hohe Nachtmütze mit recht freundlichem Nicken den Besuch begrüßte und der Kurator sprach:

»Ei guten Tag, Messieurs; ich gratuliere mir zu dieser schönen Gesellschaft. Davide, setze Er Stühle; mon coeur, frage, womit wir aufwarten können; ein Gläschen spanischen Weines wird eine Annehmlichkeit um diese Zeit des Tages sein, wie ich selber eine häufige Erfahrung davon habe.«

Der Doktor Primus räusperte sich mit einem würdigen Lächeln, und der Doktor Sekundus klärte seine Kehle auf dieselbe Weise, allein Herr Hieronymus sprach mit abwehrender Handbewegung:

»Wir danken dem Herrn Kuratori, doch gelüstet unserer Zunge nicht nach irdischem Wohlschmack. Diese zwo Herren führt ihr leiblicher und mich mein geistlicher Beruf hieher.«

»Ei, ei«, sagte Jens Pedersen Gedelöcke. »Ehrwürden verpflichtet mich immer mehr; doch – was saget mon coeur, meine Eheliebste? Welch einen Beruf wendet sie für?«

»O Jens!« rief die Frau Mette, »du weißt, daß es immerdar nur meine Liebe und meine Sorge für dein irdisch und ewig Heil ist, welche mich bei dir festhält!«

»Ei, ei, ei!« wiederholte der Kurator und setzte hinzu:»Davide, was stehet Er und gaffet? Sein Gesicht wird dummer von Tag zu Tage; – lasse Er den Hispanischen bringen, die Herren Doktores werden mir nicht den Trost in meinem Jammer versagen.«

»Man muß denen Patienten ihren Willen lassen, Herr Hieronymus«, sprach der Doktor Sekundus mit einem freundlichen Lächeln zum Pastor der Trinitatiskirche, und der Doktor Primus sah dem Famulo mit einem beifälligen Kopfneigen bis zur Türe nach. Dann, als der Wein gekommen war, ein jeglicher – selbst der Pfarrherr – sein Spitzglas auf dem Knie hielt und David Bleichfeld wiederum das Zimmer verlassen hatte, erhob sich der Kurator Gedelöcke auf den linken Ellenbogen, blickte im Kreise umher und verglich im Innersten die drei schwarzen Herren und die in ein trübes Grau gekleidete Gattin mit drei würdigen alten Raben und einer ältlichen Mantelkrähe und sich selber in seinem Leiden mit einem podagristischen Mops, welcher sich bewußt war, was er im Leben genoß, und deshalb die Kondolenzvisite mit Geduld und Humor annehmen konnte. Mit großer Gewalt, Beredsamkeit und Salbung rückte Ehrn Hieronymus Moekel von der Trinitatiskirche dem wunderlichen Heiligen auf den Leib, und die Frau Mette begleitete jeglichen Angriff mit leisem Gewimmer und lautem Beifall; die beiden Ärzte aber hielten sich mehr passiv und an den Spanischen, bis sich der Kampf auf ein Terrain wälzte, das weniger Gelegenheit gab, sich zu kompromittieren. Was den Famulus David Bleichfeld anbetraf, so stund derselbe draußen vor der Türe, hatte seine lange dürre Gestalt rechtwinklig eingeklappt und wechselte mit dem Auge und dem Ohr vor dem Schlüsselloch und begleitete das Spiel im Innern des Gemaches außerhalb desselben mit den verwunderlichsten Grimassen, Gesten und den allerkuriosesten Paraphrasen, Noten und Zitaten. Da er ein recht gelehrter Mensch war und seinen Herrn liebte, so wollen wir uns mit dem begnügen, was er aus der Unterhaltung der andern abzog, sintemalen es auch wohl nicht lohnen würde, ein jedes Wort der Konversation dem eiligen, atemlosen Publiko von neuem vor die Nase zu rücken.

»Philister über dir, Simson!« murmelte der Horcher an der Wand.
»Heißa, jetzt haben sie ihn zwischen den Kneifzangen, wie den Stürzebecher auf dem Markt zu Hamburg. Horch, da ist der Pfarrherr schon auf dem Wege gen Damaskon, und das Gleichnis vom

schnaubenden Saulo passet wie die Faust aufs Auge. Drauf, pro libertate christiana, gebt es ihm, Herr Kuratore! Ha, ha, an den Tod gläubet Ihr, sintemalen er alle Eure Vorfahren verschlucket hat? Ein hohes Konsistorium hätte es Euch nicht zugetraut, aber ein alter Heide und Ägyptier bleibt Ihr doch und nehmet Eure Gerippe auf Eure Gastmähler nur deshalb mit, um bei ihrem Anblick desto vergnügter das Leben zu genießen! Noch ein Gläschen Alikante, Herr Doktor Primus? Ist es keine ratio theologica, daß man die, so in der christlichen Kirche christlich gelebet, auch in der Versammlung der Kirchen, welche der Tempel ist, ehrlich begrabe? O Gedelöcke, Gedelöcke, du willst nicht durch die Gewölbe und Steinplatten verdampfen und jeglicher frommen Nase zum Ärgernis und Leibesschaden werden?! O Gedelöcke, welch ein heidnischer Jud bist du, da es dir einerlei ist, ob die Auferweckung der Auferstehung vorhergehe: ist es dir nicht bekannt, daß geschrieben stehet: ›resuscitatio est causa resurrectionis?‹ – Also um 9976 Meilen ist das Firmament jüngsthin eingesunken, Herr Doktor Sekundus? – Das ist freilich ein erfreulich Zeichen des kommenden jüngsten Gerichtes; aber Er ist doch ein heimlicher Jude, Herr Jens Pedersen Gedelöcke, und wird dahin fahren, wohin Ihn der Herr Hieronymus von der Dreifaltigkeitskirche dirigieret. O, ruchlose Seele, ist die Hölle nicht so heiß, wie man sie machet? Gedelöcke, Gedelöcke, wie hast du den rechten Weg verfehlet mit deinem metaphorischen Feuer! – Wo Rauch ist, Apokalypse, vierzehntes Kapitel am zehnten und elften Vers – da ist auch Flamme – Lukas im sechzehnten Stück, Vers vierundzwanzig! Was soll's nunmehro mit unserm Meister Henrich Israel? O ha, anjetzo fangen wir an und ziehen erst die rechten Register. O Gedelöcke, o Herr Kuratore, jetzt geht's mit Ihme um die Ecke und kopfüber in den Pfuhl der Verdammnis; einen guten Stilum magst du schreiben, mit dem Mund magst du wohl spitz und scharf auf den rechten Fleck zufahren; aber besser wär's dir doch gewesen, so du nicht der Gelehrten, Weltweisen und verführerischen Rabbiner Schriften studiert hättest, sondern bei der lautern Milch des Evangelii geblieben wärest! Das ist keine Sache für einen gläubigen Christen, daß er seinen Braten immerdar beim jüdischen Schlachter einkaufe; wer aber das Schwein und alles, was von ihm kommet, verachtet, der mag sich wahren, daß er nicht selber –«

Der Famulus schnellte im jachen Schreck zurück und in die Höhe; im Gemache seines Herrn hatte sich urplötzlich ein gewaltiger Tumult erhoben. Stühle wurden mit Gepolter zurückgeschoben; die Glocke des Kurators läutete gellend Sturm; die Stimme der Madam mischte sich schneidend in das dumpfe Gebrumm der Mediziner und den rollenden geistlichen Donner: Gedelöckes Stimme aber klang klar gleich einem Trompetenstoß durch die Schlacht:

»Davide! Davide! Wo steckt Er? Davide, eile Er herbei, komme Er Seinem geschlagenen Herrn zu Hülfe, Davide, Davide!«

Mit einem Sprunge stand der Gerufene im Krankenzimmer.

»Drauf, Davide!« schrie der Kurator. »Führe Er die Herren die Treppe hinunter, und sorge Er, daß niemand Schaden leide. Da – da, bei Moses und allen großen und kleinen Propheten, bei der schönen Judith und dem grausamen Feldhauptmann Holofernes, beim Bel zu Babel, beim Drachen zu Babel, bei der keuschen Susanne im Bade, die Herren werden's verzeihen, daß ich ihnen nur meine Nachtmütze auf den Weg mitgebe.«

Herr Jens Pedersen Gedelöcke saß hochrot und tiefblau vor Ärger und Aufregung im Bett und ließ seinem Worte die Tat im nämlichen Moment folgen. In bedrohlichster Nähe flog die Zipfelmütze des Kranken an der Nase des Pastors vorüber, und Herr Hieronymus Moekel erhob die Hände, um den Himmel zum Zeugen dieser Verruchtheit aufzurufen, schüttelte den Staub von den Füßen und verließ das Haus des Kurators mit dem festen Entschluß, draußen noch einige Worte in dieser Angelegenheit zu reden. Die beiden Ärzte folgten dem Beispiele des geistlichen Herrn, nachdem noch der Doktor Sekundus in seiner Eigenschaft als Haus- und Leibarzt des Kurators versucht hatte, eine versöhnlichere Stellung ihm gegenüber einzunehmen. Die Frau Mette verschloß sich mit ihren Krämpfen und Konvulsionen in ihr Kämmerlein, und der heillose Sünder und Verächter jedes menschlichen und göttlichen Rechtes, Jens Pedersen Gedelöcke, ließ sich von seinem Famulus die Kissen zurechtschieben und sprach tiefaufatmend:

»Schenke Er Ihm auch ein Glas Spanischen ein, Davide, daß ich doch Einen anständlichen Menschen derer Gottesgabe genießen sehe. Tausend lappländische Donnerwetter!«

»Ihr zeitliches und ewigliches Heil und Wohlsein, Herr Kurator!« sprach der Famulus, mit tonloser Gravität das gefüllte Glas an die Lippen führend.

»Ich danke Ihm, Monsieur Bleichfeld«, sagte Gedelöcke. »Hoffentlich hat Er nach Seiner Gewohnheit an der Tür das Notwendige erhorchet; – Herr Ludovikus hat keine bessere Komödie aufführen lassen, und Er hat's gratis gehabt, Davide. Ei, ei – riechet Er noch den Schwefel? – hat der Pfaff mir eingeheizt, wie der König Nebukadnezar den drei Männern im feurigen Ofen! Jetzt sage Er mir selber, Davide, bin ich ein Jud oder keiner? Ich will Ihm alles glauben.«

»Ich halte Ihn so wenig für einen Juden, Monsieur, als für den Verfertiger der Berleburger Bibel oder sonst einen Chiliasten!« sprach der Famulus mit Überzeugung. – –

Der Regen fuhr in immer heftigeren Strömen hernieder; im Innern des Hauses des Kurators Gedelöcke vernahm man keinen Laut. Die Mägde und der Knecht kauerten verschüchtert um den Küchenherd, und Madam mit ihrem Töchterlein rührte sich nicht; – auf den großen Sturm war das tiefste Schweigen gefolgt. Ein schwarzer Kater stieg wie der Geist des Hauses langsam vom Bodenraum herab, schritt über den Gang und kratzte oder klopfte vielmehr an der Türe des Kurators.

»Öffne Er dem Mutz, Davide«, sagte Herr Jens; »das Vieh wird auch kommen, um wegen der Emotion und des Tumultes zu kondolieren. Hierher, Mein Kater, mein guter Kerl, jaja, es ist eine tugendsam und fromme Welt. Jaja, mein armer Mutz, die Totenkäuze waren da, und es stehet dahin, wie lange Er mir noch den Magen wird wärmen dürfen.«

Mit Geschnurr sprang der Schwarze auf das Bett seines Herrn, der ihm ganz zärtlich den Pelz streichelte und, als das Tier sich zum behaglichen Schlummer zusammengerollt hatte, plötzlich recht ernsthaft gegen seinen Famulus begann:

»Davide, es ist eine alte Geschichte und nicht viel Besonderes daran; aber Er weiß, was ich an Ihm getan habe, wie ich Ihn von der Gasse in mein Haus nahm, Ihn wärmte, kleidete und fütterte und Ihm seine Kollegia umsonst verschaffte. Ich weiß auch, daß Er mir zugetan ist von ganzem Herzen, und Ihm ist's nicht unbekannt, welch ein Trost mir Seine längliche Figur und hohe Sapienz zu jeder Zeit gewesen ist. Zur Lustigkeit ist Er nie geneiget gewesen, also wird Er auch anjetzt wohl ein bedächtiges Wort mit Ihme reden lassen. Famule, es ist aus und zu Ende mit dem Königlich Dänischen Untertan Jens Pedersen Gedelöcke, und der Kurator überläßt der Welt Cura und Gaudium denen, so nach ihm kommen. Ihm, Davide, habe ich meine Bibliotheka und zweitausend Reichstaler vermacht, Madam und das Kind werden das Ihrige erhalten – lasse Er das Heulen, Davide! Der Meister Henrich Israel ist ja gar nichts gegen Ihn! –, meine Seele gebe ich dem, welcher sie dem Erdenkloß einblus; was den Erdenkloß selber aber anbetreffen mag, das ist in diesem mit meinem Handsiegel pitschierten Skriptum enthalten, und lege ich solches mit Vertrauen in Seine Hände, auf daß Er es, sobald der Kurator Gedelöcke, Sein alter Patron, abgelaufen ist und Zeiger und Pendulum stillstehen, an die richtige Adresse abliefert. Was darauf zu tun ist, das wird sich finden, und mag auch Er, Davide, Seine Stimme im Consilio haben als ein treuer Diener und ein prudenter Kopf. Den Mutz vermache ich Ihm auch und weiß, daß Er fein lieblich mit ihm umgehen und sich keine Winterkappe aus seinem Pelz machen lassen wird. Nun gebe Er mir auch ein Glas Spanischen, einem jeglichen, so etwas dagegen zu sagen weiß, zum Trotz, – pereat materia peccans cum titulo pleno! Lege Er mir die Kissen zurecht und lasse Er mich ein Stündlein allein; wenn der Mensch es also kühl gegen den Magen heraufsteigen spüret, so hat er mancherlei zu bedenken, daß ihm seine allerbesten Freunde zum Überdruß werden mögen.«

»Herr Kuratore«, sprach der Famulus, »ich liebe Ihn von ganzem Herzen und von ganzer Seele; Er ist mir mehr als ein Vater gewesen, und Sein Vermächtnis rühret mich mehr als zu sagen ist. Ich verhoffe, daß ich Ihm noch lange Jahre mit Kopf und Hand und Herzen, mit der Feder und mit dem Maule zu Diensten sein darf; diesen Brief aber werde ich zur richtigen Stunde, wenn es nicht anders sein kann, an den Herrn Obristen von Knorpp abgeben, verlasse Er sich drauf.«

»Optime!« sprach Gedelöcke, das Gesicht der Wand zukehrend. »Es ist eine kuriose Welt; bestelle Er mein Kompliment an den Benediktus, Davide; das Regiment ist auf dem Marsch von Altona her.«

4.

Von dem Herrn Obristen Benediktus von Knorpp

Von den soeben beschriebenen Stunden an flossen natürlich
nunmehr alle die verschiedenen bedenklichen Gerüchte über den
Kurator in der einen entsetzlichen Gewißheit von der grausamen,
abscheulichen und verruchten Apostasie des Mannes zusammen,
und mit schauderndem Wohlbehagen sah ihm die Stadt Kopenhagen in die Fenster. Nun kamen die absonderlichsten Histörchen zu
Haufen hervor wie die Regenwürmer beim Laternenschein, und
hundert Leute, welche den Kurator in ihrem Leben nicht gesehen
hatten, erinnerten sich an Dinge und Worte aus jeder Epoche seines
Daseins, die wohl geeignet waren, die allgemeine christliche Betrübnis zu begründen und zu steigern. Die Herren Doktores segne-
ten ihren abtrünnigen Patienten nach jeglicher Krankenvisite; denn
wenn auch ihre Kunst sie dann und wann im Stiche lassen mochte,
Jens Pedersen Gedelöcke ging ihnen nimmer aus, und wie nützlich
und annehmlich ein solcher stets frischer Gesprächsstoff sein mag,
das weiß der wohl, so selber eines solchen in seinem Berufe bedürf-
tig ist. Auch der ehrwürdige Herr Hieronymus zog nach besten
Vermögen seinen Vorteil aus dem halsstarrigen rationalistischen
Sünder und wußte ihn an jedem Sonntag in seiner Trinitatiskirche
in einer andern und stets feurigeren Beleuchtung als abschreckend
Exempel auf die Kanzel zu bringen und fand nur einen Dorn an der
Rose, nämlich den frommen Eifer der Kollegen, so den Kuratorem
zu eigenem Gebrauch entlehnten, ohne das ius primae possessionis
im geringsten zu achten. Was den Famulus David Bleichfeld anbetraf, so konnte derselbe nicht mehr über die Gasse gehen, ohne daß
sich Mann und Weib an seinen Mantel oder Rockschoß hingen, um
ihn mit Fragen, Kopfschütteln und guten Ratschlägen bis aufs äußerste zu torquieren.

Im Hause selber hockte die Frau Mette im Sack und in der
Aschen, hielt ihr Töchterlein zwischen den Knieen, genoß wie die
Stadt Kopenhagen den kitzelnden Schauder des unerhörten Zu-
standes und nahm dazwischen in zerknirschter Gehobenheit die
wunderlichsten Kondolenzbesuche an. Es kamen Leute aus den
höchsten wie aus den niedrigsten Ständen zu ihr: gottesfürchtige

Kammerherrn und Hofdamen vom erleuchteten Hofstaat Seiner Majestät des Königs Christian des Sechsten, theologisierende Geheimräte, mystische Schuster, wohlmeinende Bürgerfrauen, besonders aber viele Pastorenwitwen mit den gedruckten oder ungedruckten Predigten ihrer Seligen und mehr als ein inspiriertes Waschweib. Die hohe und niedere Geistlichkeit hielt das Haus blockiert, wie der Türk den Russen Anno elf am Pruth; im Schoß der Universität summte und brummte es wie in einem Bienenkorb, der sich zum Ausschwärmen rüstet, und es war kein Teetopf, kein Bierkrug und keine Bettgardine, hinter welchen nicht das Pro und Contra in Sachen Gedelöcke mit Eifer abgewogen wurde.

Gedelöcke selber verbiß seine leiblichen Schmerzen hinter verriegelter Tür, ließ sich von seinem getreuen Famulo das Buch Koheleth, welches wir den »Prediger« Salomonis nennen, vorlesen, schlug noch einen Hauptsturm der Kopenhagener Prediger ab und machte am ersten Ostertage des durch ihn so denkwürdigen Jahres 1731 sein Wort wahr und ging mit dem Gefühl, als ob ihm ein eiskalter Teller auf den Magen gedrücket werde, hinüber in eine bessere Welt, um vor einer andern Stelle als dem dänischen Oberkonsistorio und dem Kopenhagener Polizeimeister und obern und untern Publiko von seinem Leben, Taten und Meinungen Rechenschaft zu geben. Er ersoff, verstockt wie Pharao, elendig im Roten Meere seiner Sünden, wie der Pastor Hieronymus Mockel sagte. Er zeigte, daß er zur richtigen Zeit seinen Abtritt zu nehmen wußte, wie der Professor Ludwig Holberg mit einem noch vieles andere sagenden Achselzucken bemerkte. Er schlug sich dreimal an die Brust und rief:»Ich weiß, daß ein allmächtiger Gott ist!« und verschied – wie Monsieur David Bleichfeld später auf dem Polizeiamt berichtete.

Nun weiß man aus der Geschichte, daß um die Stunde, da der großmächtige, grausame Tyrann und verruchte Königsmörder Olivier Cromwellius, so sich auch den Protektor von England heißen ließ, den Atem verhauchte, ein erschrecklich Unwetter sich erhob, welches viele Fensterscheiben und Schornsteine zerschlug, auch manchen Baum umwarf und sonst vielerlei betrübtes Unheil anrichtete: um die neunte Abendstunde des ersten Ostertages 1731, als der Kurator Gedelöcke seine Rechnung abschloß, entstand nur ein trockenes Wehen, das kaum den Staub und die Abfälle in den Gassen von Kopenhagen umherwirbelte, aber späterhin so gut wie das engelländische Sturmwetter zu den »Zeichen« gerechnet wurde. Es rasselte der Wind ein wenig an dem Fenster, als klopfe eine Hand an die Scheiben. »So lasse ich dich dem, welchem du angehören willst, Jens Pedersen Gedelöcke!« rief der Prediger von der Dreifaltigkeitskirche und entfernte sich mit seinem Küster Jesse Brägge; das Gesinde stürzte fort, die Frau verbarg sich mit dem Töchterlein in ihrem Gemache. Niemand harrte bei dem toten Manne aus als sein Famulus und sein Kater, welcher letztere später natürlich ebenfalls zu den »Zeichen« gezählt wurde. Und als David Bleichfeld eine halbe Stunde nach dem Tode seines Patrons in sein Kämmerlein hinaufstieg, um aus dem verborgensten Schubfach seines Schreibpultes das an den Herrn Obristen von Knorpp gerichtete Schreiben des Kurators hervorzunehmen, hielt der Kater die Leichenwache fürs erste ganz allein.

Mehr instinktmäßig und mechanisch als in klarer Überlegung dessen, was geschehen müßte, richtete der Famulus den letzten Auftrag seines Herrn aus; aber selbst die Gewißheit, nur der letzten Grille des Verstorbenen Vorschub zu leisten, würde ihn auf seinem Wege nicht aufgehalten haben.

Er verließ das Haus und trug das versiegelte Papier in beiden Händen vor sich her durch die finstern Gassen. An einer Ecke traf er auf die ehrwürdigen Herren von der Trinitatis- und der Frauenkirche, welchen ein Diener mit der Laterne vorleuchtete. Sie hielten den Verstörten an und sprachen, indem sie eine längere Zeit hindurch an seiner Seite schritten, heftig und hitzig auf ihn ein, ohne daß er sie anfangs verstand. Als er aber allmählich ihre Meinung und die Wege, welche sie gingen, begriff, da schob er das Schreiben Gedelöckes hastig in die Brusttasche und knöpfte mit zitternden Fingern jeden Knopf darüber zu; noch hastiger nahm er sodann seinen Abschied von den zwei Pastören und beschleunigte seine Schritte dergestalt, daß er fast gänzlich außer Atem vor der Wohnung des Obristen Benediktus von Knorpp anlangte und vor übermächtiger Aufregung und Mangel an Luft kaum imstande war, daselbst Einlaß zu begehren und seinen Namen zu nennen.

Da stand er denn auf dem Hausflur und murmelte: »Ah, so ist es gemeint! So ist es – o, ich konnte es mir denken! O, Jens Pedersen Gedelöcke! O, Herr Kurator! O, mein guter, guter Herr und Patron!«

und aus dem obern Gestock des Hauses drang ein rauher, kriegerischer Gesang herab, welcher sein erschüttert Gemüte auch wenig kräftigte und festigte. Nun führte ihn eine uralte, hexenartige Dienstmagd die Treppe hinauf; nun trat er aus der Kühle in die Hitze, nun stand er zwischen gepackten Soldatenkoffern in einem dichten Nebel von Tabaksqualm, und das Lied von der Schlacht bei Kjöge paßte fürtrefflich zu dem Manne, so in hohen schwedischen Stiefeln, mit der Tonpfeife im Munde, zwischen dem Fenster und dem hohen Steinkrug auf dem Tische hin und her schritt und jedesmal, wann er die Nase und den Schnauzbart in dem Kruge versenkte, wußte, was er tat.

»Der Herr Obriste sind heute mittag von Altona angelanget und gehen übermorgen mit dem Regiment nach Frederikshall«, hatte die Wirtschafterin auf der Treppe dem Famulo mitgeteilt, und der Herr Obrister kommandierten sich selber »Halt!« und »Front«, standen stocksteif vor dem Boten des Kurators Jens Pedersen Gedelöcke und schnarrten:

»Bonsoir, Monsieur Bleichfeld; ist Er's denn, oder ist Er's nicht? Bei allem, was lebet, wie siehet Er aus, Herr Studio! Ist Ihm der General Stenbock, der König Karl oder der Teufel selbst begegnet? Was bringet Er mir von Sich oder Seinem Herrn?«

»Der Herr Kurator lassen sich dem Herrn Obristen allergehorsamst rekommandieren; – vor einer Stunde sind sie sanft entschlafen.«

»Halt!« schrie der Kriegsmann, beide Hände wie Klauen dem zusammenknickenden Famulus auf die Schultern schlagend und ihm die scharfe dünne Habichtnase so nahe als möglich unter die Augen rückend: »Ruhe im Glied! Was hat Er gesaget, Monsieur?«

Der Famulus wiederholte stotternd seine Nachricht, die hellen Tränen liefen ihm dabei jetzo über die hagern Backen, und der Kriegsmann ließ seine Schulterblätter frei, leerte im jähen Schrecken und Schmerz seinen Krug bis zum Grunde, setzte sich auf den nächsten Holzschemel und seufzte in tiefster Zerknirschung:

»O David Bleichfeld, das verdirbt mir mehr als diesen Abend! O Bleichfelde, mit diesem Wort hat Er mir mehr in der Hand zerbrochen als diese tönerne Pfeife, und Famule – holla – ich kenne den

Jens Pedersen – und ich glaube Ihm noch nicht, Monsieur David! Er ist geschickt worden, mich anzulegen zum Willkommen, Kamerade, – sehe Er mir noch mal in die Augen.«

Noch einmal packte der alte Kriegsmann den Unglücksboten und sah ihm in das klägliche Gesicht. Als er ihn aber zum zweiten Male freiließ, zweifelte er nicht länger, sondern seufzte:

»O Jens, Jens, du halsstarriger, widerborstiger, närrischer Bursch, so hast du mir denn den letzten Schabernack gespielt und bist vom Posten abgezogen, ohne Lesung und Rapport zu hinterlassen. O du fahnenflüchtiger Bösewicht, die Hand hättest du wenigstens mir noch einmal drücken sollen! Monsieur Bleichfeld, ich sage Ihm, das hat mir nicht geschwanet, daß ich zu einem solchen Feste aus Holstein einrücken solle. O Jens, eine solche Freundschaft wie die unsrige ist nie erhöret worden, und nimmer haben zwo menschliche Kreaturen in solchem Hader, Ekel und Widerwillen miteinander gelebet, denn wir zwei beide! Monsieur Bleichfeld, seit wir uns vor unserer Väter Türen zu Helsingör um Ball und Kreisel die Köpfe blutig schlugen, seit wir in Rosenborg-Have Anno 1695 um die Mamsell Spegelmann einander in die Haare gerieten, sind wir wie zwo Zwillingsbrüder gewesen und haben kein Jahr verstreichen lassen, ohne uns gegenseitig aufs Eis zu führen, und nun ist er fortgegangen, Meister Bleichfeld, und hat seinen alten Kumpan allein im dänischen Dreck gelassen! Ich habe schon längst in Altona auf seine diesjährige Schnurre gewartet; aber solches geht doch über allen Spaß – ohne ein Aviso – ohne ein Wort zum Abschied –«

»Nicht ohne ein Wort zum Abschied, Herr Obrister!« rief der Famulus, das Schreiben seines Patrons hervorziehend.»Dieses ist für Euch, Herr von Knorpp, und mir auf die Seele gebunden. Leset und lasset mich Eurer Opinion, Eures Rates und Trostes genießen; es ist seine letzte Meinung also gewesen.«

Mit eilfertiger, ein wenig zitternder Hand hatte der Oberst nach dem wohlversiegelten Brief gegriffen, ihn mehrfach von jeder Seite beäugt und endlich erbrochen.

Da saß er am Tisch, die Skriptur auf Armeslänge von sich abhaltend, und das wechselnde Spiel der Muskeln auf seinem runzligen, zähen, verwetterten Ledergesicht war wohl eines feinen und gewandten holländischen Pinsels würdig. Betrübnis, Erstaunen, Zornigkeit und helle Wut zerrten in solcher blitzesschnellen Folge Stirn und Nase, Schnauzbart, Kinn, Backen und Mundwinkel durcheinander, daß der kummerbelastete Famulus ob des mirakulosen Anblicks betroffen Schritt für Schritt zurücktrat und zuletzt, als der Kriegsmann mit einem wilden Fluch und einem donnernden Faustschlag auf den Tisch verkündete, daß dieses das Tollste und Heilloseste sei, was ihm seit dem Travendahler Frieden vorgekommen, – wie von dem Faustschlag selber getroffen zusammenfuhr und schier in sich selber verschwand.

»Weiß Er, David Bleichfeld, was er mir hier schreibt«, schrie der Obrist und brüllte, als der Famulus den Kopf schüttelte: »Er wendet sich an mich und an Ihn, Davide, um sechs ungehobelte Bretter und ein stilles Loch in der Erde! Er weiß, was für schwarzes Gevögel ihm über dem Kopfe fliegt und herabstoßen will! Wir beide sollen ihn begraben, Monsieur, bei Nacht und Nebel, still und fein säuberlich, Monsieur. Er hat uns seinen armen stinkenden Leichnam vermacht, Meister David Bleichfeld. Seinem Hausdrachen trauet er nicht über die Gasse und noch viel weniger bis auf den Kirchhof, und was den ehrwürdigen Herrn Hieronymus Moekel anbetrifft, so – – Himmel und Hölle, bei allen Gruben, an denen ich je auf einem dänischen champ de bataille gestanden habe, Jens Pedersen Gedelöcke, es soll geschehen, wie du es wünschest, und sollte ich das Haus mit meinen Füsilierern im Sturm nehmen müssen!«

Auch der Famulus las nunmehro das Schreiben des Kurators und rief sodann: »O Herr Obrister, er hat recht, und Eile tut wahrlich not! Der Herr Oberprediger von Trinitatis ist freilich schon auf dem Wege, ein hochehrwürdiges Konsistorium ist bereits zusammenberufen, und was die Dunkelheit dieser Nacht gebiert, das wird am Morgen gar schön und propre daliegen –«

»Und übermorgen segeln wir auf Alt-Norge!« rief der Kriegsmann, den Dreimaster auf die Perücke stülpend; »Gewehr über! Marsch auf der ganzen Linie! O Jens, Jens, wie magst du von deiner Wolke herablachen, denn also hast du mich in deinem ganzen Leben noch nicht zum Narren gehalten; aber wer zuletzt lacht – ach Gott, es ist eine elende, nichtsnutzige Welt – marsch, Meister David, lasse Er die schwarzen Vögel nur zu Haufen fliegen; wir holen meinen Regimentsfeldscherer, Herrn Snorro Skalholt, aus seinem Garnisonsspital; dann können wir ihnen die Volte zu drei schlagen, und, Monsieur David Bleichfeld, wenn Er übermorgen mit mir und meinem Regiment an Bord des Själland gehen will, so soll Er mir hochwillkommen sein, und zu überlegen wär's!«

»Jawohl, zu überlegen wär's!« seufzte der Famulus; aber der Gedanke an das Testament des Kurators Gedelöcke, an die herrliche Bibliothek und die zweitausend dänischen Reichstaler legte sich ihm wie ein spanischer Reiter in den Weg; mit einem Ruck der Verzweiflung zog er den Hut in die Stirn, folgte unsicheren Schrittes dem Kriegsmann, welcher bereits die Treppe hinunterstapfte, und fand sich zwanzig Minuten später vor dem Spital der Kopenhagener Garnison unter dem Fenster des isländischen Doktors, welches der lange Oberst, auf den Zehen stehend, mit dem Stockknopf grad erreichte.

»Wach ist er; aber Danziger Goldwasser ist auch ein liebliches Getränke«, sprach der Herr von Knorpp. »Da werden wir ihm doch wohl die Scheibe einschlagen müssen. Hallo, holla, da ist er!«

Auf das wiederholte Gepoch wurde mit einem grimmigen Getöse das Fenster in der Höhe aufgerissen, und, beleuchtet von einer flackernden Kerze, schob sich der dickste Kopf der dänischen Monarchie in die Nacht vor.

»Ist das nicht wie ein Nordlicht?« fragte der Oberst, seinen Ellenbogen dem Begleiter in die Seite stoßend. »Gut Freund, Meister Snorro Skalholt! Steige Er hernieder, Camarado, man hat eine Arbeit für Ihn!«

»Eheu, dux legionarius!« schnarrte die Erscheinung im Fenster, das zerwühlte flachshaarige Haar zurechtschüttelnd. »Seid Ihr es, Herr von Knorpp? Was habet Ihr für Euern Gehorsamsten? Mit oder ohne Messer, Obrister?«

»Herunter mit dir, Island!« schrie der Kriegsmann. »Das Weitere wird man dir schon auf dem Wege sagen!« Das Fenster schloß sich; der Doktor Snorro Skalholt trat in die Gasse und erfuhr, um was es sich handle. Fürderhin lachte er nur von Zeit zu Zeit grimmig in den Bart und rieb sich die Hände unter dem Mantel. Bereit, auch das Äußerste für ihre Pflicht zu nehmen, erreichten die drei Verbündeten das Haus des Kurators Jens Pedersen Gedelöcke.

5.

*Von dem isländischen Regimentsfeldscherer Herrn Snorro Skalholt und
von Mynheer van der Tromp, weiland zu Leyden*

»Halt!« kommandierte wiederum der Obrist. »In keinem Schar-
mützel, in keinem Treffen bin ich mit einem solchen Gefühl im Magen in die Schlachtlinie gerückt, und Er, Skalholt, lasse Er das ab-
scheuliche Gegrunz und Gelach; hätt Er den Gedelöcke gekannt wie
wir, es würde Ihme auch schwüler ums Herz sein.«

»He, he, he, ich lache nicht über den Herrn Kurator, monsieur le
colonel; mich lächert Mynheer van der Tromp, den wir zu Leyden
stahlen zur Ehre der Wissenschaft. Lasset mich sehen – Lemort,
Hotton, Boerhave und ich teilten uns in ihn; – jaja, die drei andern
sind als große lumina, als weltberühmte Lichter ausgegangen, und
ich bin ein armer Feldscherer worden; aber was hat der Mensch von
aller Gloria, wann er tot ist? Barbati praecedant, marschiere Er vo-
ran, Herr von Knorpp, doch trete Er leise auf: Mevrouw van der
Tromp bot fünfhundert holländische Dukaten dem, so ihr ihres
Eheliebsten Leib retourniere, und wir loffen schier an der Wand
hinauf vor Ärger; denn wir hatten ihn allbereits verwürfelt und
ausgeteilet, jeglichem nach seiner Fortun.«

»Das ist ja eine recht jokose Historia, Meister Snorro«, sprach der
Oberst Benediktus. Courage, Monsieur Bleichfeld!«

»Eine recht jokose Historia!« murmelte der Famulus und schoß in
die halb geöffnete Haustür, in welcher niemand ihm und seinen
Begleitern entgegentrat.

»Niemand zu sehen und zu hören?« sagte der Obriste. »Wahrlich,
das siehet öde und kalt aus. O Jens, Jens, du hast uns sonsten hier in
anderer Weise salutieret! Haben sie denn alle Reißaus genommen?
Brr, im Schwedenlager vor Frederikshall Anno achtzehn konnt's
nicht kühler sein; – o Gedelöcke, Gedelöcke, was ist aus deinem
lustigen Quartier geworden!«

Nichts regte sich in dem großen, weitläuftigen Hause. Auf einer
Treppenstufe stand eine schwelende Küchenlampe, und dem Famu-
lo schlugen die Knie aneinander vor innerlichem Frost, als er die
Hand nach dieser Lampe ausstreckte, um den beiden Herren den

Weg zu zeigen. Auch in dem oberen Gestock rührte und regte sich nichts, außer den Mäusen hinter dem Wandgetäfel; die Tür des Sterbezimmers stand gleich der Haustür ein wenig geöffnet, doch brannte kein Licht in dem Gemache, und die kleine qualmende Flamme, welche David Bleichfeld auf Armeslänge zitternd vortrug, schien die Finsternis nur dichter und undurchdringlicher zu machen.

»Nun, Mann, da wir so weit sind, so rücket weiter«, sagte der Oberst, doch nicht mit der gewohnten rauhen Kommandostimme. »Die Toten beißen nicht, und den Lebendigen kann man die Zähne weisen; – da!«

Der isländische Regimentsdoktor hatte den zaudernden Famulus durch einen jähen Stoß in das Gemach gedrängt; der Schein der Lampe fiel über das Bett des Kurators, und aus dem Lehnstuhl neben dem Bette erhob sich fauchend der Kater Mutz und sah mit grünleuchtenden, wilden Augen auf die Eintretenden. Unter dem weißen Laken, so man über den Leichnam geworfen hatte, guckte nur der rote Zipfel der Nachtmütze Gedelöckes hervor; der Lichtschein tanzte über dem Tische mit den Arzneigläsern, Schalen und Bechern; auf der spanischen Wand grinsten die bunten Chinesen wie phantastische Kobolde, und in dem kuriosen Gezweig schienen die kuriosen Vögel in dämonischer Lustigkeit mit den Flügeln zu schlagen. Schon aber hatte Herr Snorro Skalholt die Leinwand von dem Gesicht des Toten gezogen, und während die beiden andern noch in Betrübnis und Grauen bewegungslos standen, betastete er mit gierig-kundiger Hand den Leichnam, wandte sich um und sprach:

»Herr Obrister von Knorpp, der Mann spielt Euch sicher keinen Possen mehr.«

»Ich wüßte nichts, so mir schwerer einginge!« seufzte der Oberst. »O Jens, Jens, das gehet noch über die Mamsell Spegelmann im Garten zu Rosenborg – ah, bah, hab ich damals meinen Willen gehabt, so sollst du jetzo den deinigen haben, Jens Pedersen Gedelöcke! Vorwärts im Schritt; – gebet Euer Wort dazu, ihr Herren!«

»Messieurs sind also fest entschlossen, mit hier vorliegendem Korpus per fas et nefas denen, so ein mehreres Recht daran haben möchten, die elatio, will sagen, die Leichaustragung vor der Nase hinweg vorzunehmen?« fragte der Doktor Snorro, sich von der Inspektion des Leichnams aufrichtend.

»Per fas et nefas, es war seine Meinung, und es soll so geschehen!« rief schluchzend der Famulus, und der Oberst von Knorpp streifte stumm, mit grimmigem Ernst, die weiten Ärmelaufschläge zurück, zu jedem Anpacken mit Fäusten und Zähnen bereit.

»So ist mein Avis«, sagte der Regimentsfeldscherer, »die Herren halten allhier gute Wacht mit Ober- und Untergewehr; ich aber bringe vom Spital die Vespillones, will sagen, meine Bahrträger. Da gehen wir dann mit dem Herrn Kurator fein still und sittsam die Treppe hinunter, machen an der Tür dem Haus unser Kompliment, und hab ich ihn, will sagen, den Herrn Kuratorem, im Spital, so –«

Der Doktor brach ab und zeigte nur sein Gebiß; der Herr von Knorpp und Herr David Bleichfeld aber gaben nickend ihre Beistimmung kund, jedoch mit der geheimen Reservation einer kleinen Unterschiedlichkeit zwischen den allerletzten Schicksalen Mynheers van der Tromp und des Kurators Jens Pedersen Gedelöcke. Auf den Zehen schlich der Isländer aus dem Zimmer; der Obriste setzte sich zu Häupten des Lagers nieder, und der Famulus hielt Wacht an der Tür, nachdem er vorher noch eine Wachskerze, die er auf einem Nebentische fand, angezündet hatte. Schnurrend aber ging der Kater jetzo, nachdem er sich überzeugt hatte, daß Freunde seines toten Herrn gekommen seien, von einem der beiden Männer zu dem andern und rieb sein knisternd Fell an ihren Schienbeinen und Waden, bis er plötzlich ganz improviso mit einem Satz dem Obristen auf das Knie sprang und gravitätisch daselbst seinen Posten behauptete. Hätte der Kurator sich aufrichten und einen Blick in das weite, dunkle Gemach, auf den rotröckigen Herrn Benedikt von Knorpp, den schwarzen, bleichgesichtigen, zähneklappernden David Bleichfeld und den Mutz werfen können, er würde dessen gewiß merkwürdiglich froh geworden sein.

Von Zeit zu Zeit unterbrach ein lauteres Geseufz, ein dumpferes Knurren und Brummen des Kriegsmannes die Stille der Nacht. Der Wind zischte vor den Fenstern, es rieselte der Ruß im Schornstein hernieder, einmal wurde draußen auf dem Gange eine Tür schnell geöffnet und noch schneller wieder zugeschlagen.

»Da lob ich mir jeglichen Posten über jeder Flattermine«, murmelte der Obriste, und der Famulus lobte noch manche andere Dinge und Zustände, welche behaglicher waren als dieses mitternächtliche Harren auf den isländischen Doktor Snorro Skalholt und seine Bahrträger. Endlich um zwölf Uhr weniger zehn Minuten legte der Herr von Knorpp die Hand ans Ohr, und David schlich zum Fenster und flüsterte:

»Da sind sie! Der Himmel sei gepriesen!«

»Amen!« sprach der Obrist. Taktmäßige Schritte mehrerer Männer ertönten in der stillen Gasse und hielten vor dem Hause des weiland Kurators Gedelöcke an.

»Courage, Famulissime!« flüsterte der Herr von Knorpp. »Jetzo fasset einmal all Euern dänischen Heldenmut zusammen; denket an den ehrwürdigen Herrn Hieronymus Moekel und das hochehrwürdige Königliche Konsistorium; nehmt das Licht und haltet es hoch, ich nehme den Kurator! Courage, Jens Pe – wollte ich sagen David Bleichfeld! O Jens, Jens Pedersen Gedelöcke, ich hab schon manch einen also aufgegriffen vom Feld, aber keinen mit mehr Ärgernis und Jammer als dich! Komm, Alter, es war doch ein ander Ding, als wir in Rosenborg-Have uns im Sonnenschein unsere Meinung und die Mamsell Spegelmann um die Köpfe schlugen!«

Er hatte während dieser Stoßseufzer das Leinentuch fest um den Leichnam geschlagen und erhob denselben nun mit einem wilden Ruck von dem Pfühle. Im höchsten Schrecken fuhr David Bleichfeld gegen die Wand, und zischend, mit emporgesträubtem Pelz, schoß der Kater auf und sah mit allen Zeichen des Entsetzens von einem hohen Eckschrank seinem toten Herrn nach.

»Horch, Island auf der Treppe! Hinaus, Monsieur, in des Satans Namen! – Leuchtet vor – Courage!« rief der Obrist, keuchend unter seiner absonderlichen Last; der Famulus riß. die Tür auf, und der Herr von Knorpp sprang mit dem Leichnam auf den Korridor hinaus. In demselben Momento aber wurde auch die Tür der Frau Mette am Ende des Ganges geöffnet, und eine Magd, ein Teebrett mit Tassen und Töpfen in den Händen tragend, trat herfür, um einen Augenblick versteinert die verwunderliche Gruppe anzustarren und mit dem nicht ungerechtfertigten gellenden Gekreisch: »Er holt ihn, er holt ihn, er hat ihn! Der Teufel, der böse Feind, der Teufel holt den Herrn, der Teufel holt den Herrn Kurator!« zu Boden zu stürzen. Auf sie und die Trümmer ihres Porzellans sank mit eben solchem Geschrei die herzugeeilte trauernde Witib.

»Da haben wir's, Jens Gedelöcke, da hast du's, drin sind wir! Vorwärts, Monsieur Bleichfeld. Zehntausend finnische Nordlichter, wird das morgen einen Lärm geben in der Stadt Kopenhagen! Greift zu, Herr Snorro, und vorwärts im Galopp!«

»Ja, vorwärts im Galopp, das sagte Hermann Boerhave auch, als wir Mynheer van der Tromp durch die Hoftür zwängten«, murmelte der Isländer. »Te drommel, das war im Jahr neunundachtzig, Obrister!«

Der Famulus sagte nichts; denn zuletzt trug er doch am schwersten an dem Gewicht seines guten toten Patrons. Wie Frau und Magd im obern Stockwerk des Hauses, so schrieen nun Knecht und Köchin im Erdgeschoß auf und stürzten im fernsten Winkel übereinander; aber vor der Tür warteten ein Gefreiter und vier Füsiliere mit der Spitalbahre: »Viktoria, heran ihr Leute!« rief der isländische Feldscherer. »Packt auf und sehet euch nicht um; greift aus, Herr von Knorpp, greift aus, Monsieur Bleichfeld, in meinem Quartier mögen wir das Weitere besprechen.«

Schnell nahmen die Träger die Bahre auf, und im eilenden Laufe wurde der Leib des Kurators Jens Pedersen Gedelöcke durch die Gassen geführt. Weit ausschreitend eröffnete der Obriste Herr Benediktus von Knorpp den Zug, und der Famulus mit dem Isländer beschlossen ihn. Scheu wich zur Seite, wer dem gespenstischen Wesen begegnete, und mehr als ein guter Kopenhagener Bürger, an welchem das »Ding« vorübergefahren war, sprach nachhero mit absonderlicher Inbrunst sein Vaterunser und zog die Bettdecke hoch über die Nase hinauf. Am andern Morgen in der grauesten Frühe, vor Eröffnung der Festungstore, rasselte ein Fuhrmannswagen gegen das Ostertor heran, und ein tief in seinen Mantel gehüllter Mann wies dem wachthabenden Korporal den Passierzettel vor, worauf die Gitter ohne Anstand geöffnet wurden und das Fuhrwerk ohngehindert seinen Weg durch die Osterbrogade fortsetzen durfte. Am Garnisonskirchhof hielt der Wagen abermals, drei Männer stiegen herab und trugen mit Hülfe des Fuhrknechts einen schlecht gezimmerten königlich dänischen Soldatensarg im tiefsten

Schweigen durch den dichten Nebel über den Gottesacker zu einer Grube, an deren Rande der Totengräber mit seinem Gehülfen bereits wartete.

Im tiefsten Schweigen wurde der Sarg in die Erde hinabgesenkt; wie die drei Männer mit die Stricke gehalten hatten, so griffen sie auch mit zu den Schaufeln, und in kürzester Frist war die traurige Arbeit vollendet. Nachdem sich die Totengräber entfernt hatten, blieben die drei Leidträger allein an dem neuen Grabe; der Famulus des Herrn Kurators Jens Pedersen Gedelöcke, David Bleichfeld, schluchzte laut hinter dem vorgehaltenen Hute; der isländische Doktor Snorro Skalholt murmelte etwas von Mynheer van der Tromp, und der Obriste Herr Benediktus von Knorpp drückte mit einem Faustschlag den befiederten Dreimaster tief in die Stirn und sprach:

»So hast du denn wenigstens ein ehrlich Soldatengrab gekriegt, Jens, und Gott schenke dir und uns allen eine fröhliche Urständ! Wir haben unser Bestes getan, Messieurs, und für jetzt das Beste gewonnen; aber – Bleichfeld, nehme Er Vernunft an; gehe Er morgen mit mir und meinen Füselieren nach Norwegen. Bringe Er Seinen eigenen, magern Leichnam in Sicherheit, Famule; gehe Er mit uns nach Friedrichshall; die Kommodité soll seit der schwedischen Berennung Anno achtzehn mächtig zugenommen haben; ich geb Ihm meine Parol, auf Fort Güldenlöwe soll Er sitzen wie in Abrahams Schoß, und wir wollen lachen über das Krächzen und Flügelschlagen jenseits des Wassers.«

»Seine, meine Bibliotheka!« seufzte der Famulus. »Die zwotausend Reichstaler lass ich hinter mir wie einen Sack Nüsse; aber hat Er Raum an Bord für Opera omnia Lutheri, Melanchthonis, Brentii, Walleri, Erasmi, Clerici, Calvini, Cocceii, Launoii...«

»Hör Er auf, hör Er auf!« schrie der Obrist.

»Hat er Platz für des Cornelii a Lapide Bibelkommentare, sechzehn Folianten? Hat Er –«

Herr Benediktus von Knorpp hielt sich beide Ohren zu und stiefelte eilig über die Gräber der Kirchhofspforte zu, und verdrießlich folgte ihm der isländische Doktor. Der arme Famulus stand allein an dem traurigen Grabe des Kurators Jens Pedersen Gedelöcke, schlug die Hände zusammen und rief:

»O mein guter Patron, mein Freund, mein Vater, was werden sie aus mir machen? Was soll ich ohne Ihn anfangen in dieser ärgerlichen, giftigen Welt? O Herr Kurator, Herr Kurator!« Auf den Zaun des Garnisonsfriedhofes aber legten sich zwei hagere, haarige, knochige Fäuste, eine lange, schwarze Gestalt hob sich auf den Zehen, und eine spitzige, gerötete Nase roch in den Nebel hinein.

»Ei, ei! So, so, Monsieur Bleichfeld«, sprach Meister Jesse Brägge, der Küster der Trinitatiskirche. »Solches wird man freilich ein Begräbnis Jojakims nennen! O profanatio, was werden wir dazu sagen im hochwürdigsten Konsistorio! Hat man Ihn, Monsieur? Ei, ei, ei, das war freilich ein lieblich Werk und wird einen guten Geruch geben.«

6.

Von der Stadt Friedrichshall, der Feste Friedrichsstein und dem dänischen Postschiff

Im norwegenschen Amt Smaalenen, Stift Christiania, an der Mündung des Tistedal-Elfs in den Idefjord, dem Swinesund, liegt die Stadt Friedrichshall und daneben auf einem dreihundertundfünfzig Fuß hohen Felsen die in alle Zeiten berühmte und berüchtigte Feste Friedrichsstein mit ihren beiden Forts Oberberg und Güldenlöwe, vor welchem letztern, wie jedermann weiß, in der Nacht vom elften auf den zwölften Dezember 1718 der tapfere König Karolus, des Namens der Zwölfte, von einer Falkonettkugel durch den Kopf getroffen, das Leben ließ und Schwedens Macht und Herrlichkeit ein jäh und schrecklich Ende nahm. Wir setzen den Fuß auf diesen hochtragischen Boden im Herbste des Jahres 1731, als Herr Benediktus von Knorpp Kommandante auf Friedrichsstein war, und noch sind nicht alle Spuren der schwedischen Belagerung in der öden, felsigen Umgegend verwischt. In diesen wenig bevölkerten, rauhen Gegenden hielt es schwer, selbst nur das Notwendigste wieder aufzurichten, und überall zeigten noch die Rudera verbrannter oder zerschossener Gehöfte, die zu Laufgräben und Schanzen aufgewühlte Erde, wie Bellona hier hofgehalten hatte. Wie Trauerflor überzog das dunkle Gewölk den Himmel, mit klagendem Getön fuhr der Wind über Land und Sund: immer noch schwebte über den schwarzgrünen, spiegelnden Wellen, dem düstern, regungslosen Felsen und den Ruinen das Gespenst des gloriosen, wilden, nutzlosen Daseins, das hier in dieser Einöde nach so gewaltigem Lärm und Leuchten in der Welt in nichts versank; – noch immer schien die königliche Leiche mit der blutigen Stirn unter den Mauern von Güldenlöwe zu liegen und die frostiger graue Landschaft nur die Trauerdekoration des schwedischen Niederfalls zu sein.

Auf einer Bastion der Festung, von welcher aus man eine weite Aussicht über den Swinesund, die Stadt und die Berge hatte, stand an ein Wallgeschütz gelehnt der Kommandant und neben ihm sein Regimentsdoktor, Herr Snorro Skalholt der Isländer, während eine Schildwacht, ohngefähr zwanzig Schritte ab, mit geschulterter Muskete auf und nieder ging. Beide, der Gouverneur wie der Feldscherer, gähnten sehr, und dann sprach der Herr von Knorpp:

»Daß man am Abend, wann man die Nachtmütze über die Ohren ziehet, seine Kinnladen noch beieinander findet, ist doch ein Mirakul, Meister Snorro; und wann man hier vom Parapet herunterguckt, pfui Teufel, man möchte der ganzen zahmen, lumpigen, lausigen Welt auf den Kopf speien. Aus Wams und Hosen möchte man fahren vor Ungeduld! 's war doch eine andere Zeit, als vor dreizehn Jahren der tolle Karl sein Hauptquartier da drüben zu Tistedalen hatte.«

»Gebe Er Frieden, Kommandante; was hilft Ihm der Skandal und Lärmen? Die Jahre ziehen einem jeden zu seiner Zeit die Stiefeln aus«, sagte der Isländer. »Sollte doch vermeinen, Er hab der wilden Wirtschaft genug gehabt in den dreißig Jahren, welche hindurch Er mich hinter sich fortschleppt! Man wird eben alt und kahl und – ›plus le singe s'élève, plus il découvre‹ – Ihr wisset wohl, was. Sat, satis! Was fehlet dem bescheidenen, friedlichen Sinn und Gemüt allhier auf dieser hochgelobten königlichen dänischen jungfräulichen Feste Friedrichsstein? Lasse Er mir und lasse Er Ihm selber Ruhe, das Postschiff kommt heut auch von Christiania, und ich für mein Teil verlange nicht mehr von dem theatro mundi zu erfahren, als was es uns in seinem Neuigkeitensacke mitbringt.«

»Jawohl, das Postschiff, das ist auch solch ein leidig Labsal«, brummte der Oberst. »Was spinnen und haspeln sie anders als ihre elende pragmatische Sanktion? Wann der richtige Tanz darob beginnt, Meister Snorro, werden wir zwei beide wohl still genug liegen. Na, wie ist's mit dem Schiffe, Mann?«

Diese letzte Frage galt der Schildwacht, welche salutierend den Kolben der Muskete auf den Boden stieß und prompt rapportierte:

»Lief vor einer Viertelstunde allbereits in den Fjord!«

»Bon«, sagte der Kommandant, »steiget hernieder, Doktor, ich glaub, wir haben für diesmal genug von diesem angenehmlichen point de vue; man kennt die Kuriosität zur Genüge. Was gibt es, Korporal?«

Der aus dem Innern der Festung emporsteigende Unteroffizier richtete sich ordonnanzmäßig und griff an den Hut:

»Hab dem Herrn Gouverneur zu vermelden, daß von der Stadt ein Subjektum sich heraufgeschleppt hat, so mit dem Boot von Christiania angelangt sein will und am Tor in Ohnmächtigkeit verfallen ist. Sitzet miserabel jetzt in der Kommandantur, winselt nach dem Herrn Gouverneur – halten zu Gnaden, ein erbarmungswürdig Stück Menschheit – nennet sich Monsieur David Bleichfeld, und –«

Mit offenem Munde blickte der Korporal Peter Pomperson seinem Vorgesetzten und dem Doktor Skalholt nach.

»Bleichfeld?! Gedelöcke?!« hatte der Oberst geschrien, und schon hallten seine Schritte in dem nächsten bedeckten Wege, und der Isländer folgte ihm im Trabe auf den Fersen.

Gegen alle soldatische Würde langten in hastiger Atemlosigkeit die beiden Herren in der Behausung des Gouverneurs an, und David Bleichfeld, der Famulus des weiland Kurators Jens Pedersen Gedelöcke, wankte ihnen entgegen, wahrlich ein Bildnis des Jammers und aller Perdition des Leibes und der Seele!

In Lappen und Fetzen hing dem Armen sein schwarz Schulmeisterhabit um die Knochen, im Frost schlugen die Knie aneinander, der bitterste Mangel starrte aus den geröteten, tief eingesunkenen Augen, und zu einem grimmen Hohn ward der Versuch der ausgemergelten Kreatur, dem Obristen und dem Doktor Skalholt entgegenzulächeln. Abermals sank der Exfamulus David Bleichfeld in Schwachheit zusammen.

»Packt ihn!« rief der Isländer. »Greifet dem Jammer sanfte unter die Arme, Herr von Knorpp! Ins Bett mit ihm! Den Grütztopf ans Herdfeuer, agite, agite! Das nennet man in extremis sein! He, he, he, Meister Bleichfelde, haben sie Euch das Fell über die Ohren gezogen? Habt Ihr Haare gelassen? Greifet zu, Herr Kommandante, habet Ihr Euch nicht gleich vorgestellt, daß es also kommen werde? Es ist ein bös Ding, in der Wespen Nest zu greifen, und es ist doch ein gut Ding um diese sichere und edle Feste Friedrichsstein. Bringet den Narren zu Bett, Herr Obrister von Knorpp!«

7.

Von dem Teufel, dem Herrn Polizeimeister und Seiner glorwürdigen Königlichen Majestät, Christiano dem Sechsten

Erst am folgenden Tage hatte sich der Famulus insoweit erholet, daß er, durch Kissen unterstützet, aufrecht im Bett sitzen und seine kläglichen Erlebnisse seit dem zweiten Ostertage dem Gouverneur von Friedrichshall und dem trefflichen Doktor Snorro Skalholt kommunizieren konnte.

»O meine lieben Herren«, seufzte er, »wie sind die Wasser über meinem Haupte zusammengegangen, wie haben sie mich geducket in die Tiefe!«

»Und die allmächtige Bibliotheka?« fragte der Kommandant.

»Ist versunken mit allem, was an Fleisch und Philosophie, Mut und Lebendigkeit an mir war, und ist nichts übrig blieben, als was Messieurs vor Ihnen sehen; – horch, was war das?«

»Der Wind im Schornstein und des Kapitäns Storlands zahmer Bär. Fürchtet Euch nicht vor Gespenstern; man fordert denenselben schon am Tor die Parol ab. Referier Er weiter, Famulissime; nehme Er sich aber fortan Seinen eigenen Weg und Seine Zeit –«

»Und nehme Er noch einen Schluck Schiedam«, fügte der Doktor bei; und David Bleichfeld ließ das Gesicht in die Hände sinken, befolgte dann auch des Herrn Skalholt räsonabeln Rat und erzählte weiter, hatte aber fortan seinen eigenen Weg doch nicht ganz für sich allein, wie es denn auch von dem Obristen Benediktus von Knorpp nicht zu verlangen war, daß er während der lamentabeln Historia stillsitze und sich mit Wort und Gebärde nicht rege.

»Herr Gouverneur und Herr Doktor«, sprach der Famulus, »es ist wohl das beste, daß ich dem Faden nach erzähle; mein Gedächtnis ist gar schwach worden durch die übermenschliche Trübsal und große Verfolgung; aber so wird sich wohl eines aus dem andern geben: wo lieget der Kurator Herr Jens Pedersen Gedelöcke begraben, Herr Obrister?«

»Auf dem Garnisonskirchhof vor dem Ostertor«, antwortete der Gefragte; aber der Famulus schüttelte sich fast den Kopf ab; der

Kommandant fuhr mit einem sehr bedenklichen Fluch in die Höhe, und der Feldscherer rückte mit Gekrach seinen schweren Stuhl näher an das Bett und horchte mit weit vorgestrecktem Halse. »Jawohl auf dem Garnisonskirchhof!« winselte der Famulus. »Ein jeglich alt Weib hatte den Teufel, so den Herrn Kuratorem fortgeführet, rumoren hören in der Nacht; ein schweflicht Leuchten war über die Stadt hingezogen, und das Gewässer im Kallebrostrand wie im Sund hatte gesiedet und gebrodelt wie die Suppe im Hafen. Vom Drei-Kronen-Fort aus hatte man den Bösen auf einem schwarzen Gaul hoch in der Luft gesehen, und den Herrn Kuratorem hatte er wie einen Sack vor sich über den Sattelknopf geworfen, und bis nach Schoonen hinüber konnte man den feurigen Hufschlag in den Wolken verfolgen. Das war gut, und wenig war dagegen zu sagen, und ich lag im Fieber in meinem Kämmerlein, und die Witib mit dem Kind und alles Gesinde war vom Hause geflohen, ich hatt' es allein mit dem Mutz, des seligen Herrn Kater. Und das Fieber hatte mich, und war ich wie der Vogel Strauß, so den Kopf in den Sand stecket, und hatte eine große Furcht. Das Volk in der Gasse stund zu Haufen, steckte die Köpfe zusammen, flüsterte und deutete mit den Fingern, und als Ihr Herren vielleicht mit Skagen in Sicht segeltet, da klopften der geistliche und weltliche Arm a tempo an meine verriegelte Tür, und der Herr Polizeimeister kam in Persona, begleitet von Herrn Hieronymus Moekel und dem Küster Jesse Brägge; da war ich wie der Maulwurf auf dem Spaten! Sie drangen herein im Namen Königlicher Majestät und riefen wehe über mich im Namen summi episcopi und in ihrem eigenen Namen, und Ihn, Herr Obrister von Knorpp, und Ihn, Herr Snorro, hätten sie gar zu gerne zurückgehabt; aber ich hab den Kelch allein saufen müssen bis zur Hefen. Die halbe Stadt Kopenhagen ist vors Verhör gezogen, und die geistlichen Herren haben natürlich das letzte und das höchste Wort gehabt und klar dargetan, daß Jens Pedersen Gedelöcke nicht als ein gläubiger Christ, sondern als ein ungläubiger Jud gestorben sei, daß ihm nicht gebühre ein christlich Begräbnis, sondern ein Eselsbegräbnis, und also ist das Zeugenverhör und Gutachten vom hochlöblichen Polizeigericht Königlicher Majestät untertänigst unterbreitet, und am Dreiundzwanzigsten Maji ist Königlicher Majestät allergnädigste Resolution dem Herrn Polizeimeister zugestellt worden.«

»Da haben wir's! Himmel und Hölle, jetzt sehe ich es kommen! O Gedelöcke, Gedelöcke!« schrie der Obrist.

»O Mynheer van der Tromp, welch ein gut Los ist Euch zuteil worden!« sprach grinsend der isländische Doktor. »Weiter, weiter, Monsieur Bleichfelde, auch ich sehe es kommen, und es brauet dick in die Höhe. Wäre dem Herrn Ludovico Helbergio nicht der Fuchsschwanz hinten angebunden, er könnte ein fein Stücklein darüber in Reime bringen.«

»Und am Fünfundzwanzigsten Maji«, fuhr der Famulus fort, »bei Sonnenaufgang holten sie mich herfür aus dem Loch und stießen mich mit den Kolben durch die Gassen, und ganz Kopenhagen schwarmete vor, zur Seiten und hinterher, schrie Zeter und warf nach mir mit Kot und Steinen. Da hatten nach allergnädigstem hohen Königlichen Befehl der Herr Polizeimeister die Ältesten der jüdischen Nation zu ihme beschieden, und wurde ihres Volkes eine Menge von denen Polizeibedienten und Stadtwächtern zusammengeholet aus ihren Häusern, Schulen und Synagogen, und mußten sie auch die Trauerkutschen zahlen. Deren hielten eine Menge vor dem Polizeihaus, und als nun das neue Leichgeleit beieinander war, da zogen sie mich in die erste Kutsch als fürnehmsten Pullatum oder Leidträger, und der Juden Älteste setzeten sie zu zwei oder drei in die nachfolgenden Wagen mit Polizeibedienten zur Wacht untermenget. Dann führete die Miliz mit Ober- und Untergewehr die junge Judenschaft nach, und mit einer besonderen Wacht kam der Fuhrmann, so mit uns den Herrn Kuratorem zum Garnisonskirchhof fuhr; der Scharfrichter zu Pferde und seine Knechte mit dem Schinderkarren beschlossen den Zug. So zogen wir wieder zum Ostertor hinaus, und als wir auf dem Kirchhof ankamen, da war der Herr Polizeimeister schon angelanget, und es marschierte ein Kommando Grenadiers unter einem Oberoffizier heran. Da wurden drei Kreise um das Grab geschlossen, so wir unserm Freund und Patron dem Kurator Jens Pedersen Gedelöcke gemacht hatten; der erste von den Grenadiers, der zweite von den Wächtern mit ihren Morgensternen, der dritte und Hauptkreis von denen Beamten und Offizieren. Und wie alles in der Ordnung war, da wurde unter Trommelschlag das Gewehr präsentiert und vom Polizeimeister allergnädigste hohe Königliche Resolution verlesen, wie daß Jens Pedersen Gedelöcke, der, obwohl vorhero ein Christ, als ein Jude starb, nicht würdig und wert sei, auf christlichem Gottesacker zu ruhen unter denen christlichen Kriegesleuten, und daß er, Jens Pedersen Gedelöcke, derowegen von den Ältesten der jüdischen Nation sollte wiederum aufgegraben, nach ihrem eigenen Kirchhof transportiret und daselbsten von neuem beigesetzt werden – mit Hülfe des Scharfrichters und seiner Knechte, wann sie – die Juden – es nicht alleine verrichten könnten und wollten. Da wurden die Schaufeln dem Rabbiner vor die Füße auf das Grab geworfen, und wie es geschrieben stand, ist es geschehen, der Sarg ist aufgewühlet und mit Hammer und Zange eröffnet, und sie haben mich herzugerissen, den Leichnam zu erkennen, und unter Hohn und Spott, Lachen und Geschrei ist der Kurator fortgetragen bis zu dem jüdischen Leichenwagen, so auf vieles Flehen und Bitten anstatt des Schinderkarrens zugestanden war. Nun mußte der Rabbi als fürnehmster Sorgmann hinter dem Wagen gehen, dann trieben sie paarweise das andere verspottete Volk nach dem Alter, und die Miliz und die Polizeibeamten schritten zur Seiten, auf daß keiner ausweiche und die Wächter mit den Morgensternen beschlossen den Kondukt. So ist mein teurer Herr zum zweiten Male beigesetzet worden auf dem Judenkirchhof und sein Testament kassieret. In böser Krankheit hab ich im Spital gelegen, und als ich des Bewußtseins wieder mächtig war, haben sie mich mit Schande aus der Stadt gejaget, und in Christiania hab ich wieder krank gelegen, und nun bin ich hier –«

»Heule Er nicht, Bleichfelde«, sprach der Obriste Benediktus von Knorpp, welchem die Pfeife längst ausgegangen war. »Wir wollen Ihn schon wieder auf die Beine bringen; was aberst den Jens Pedersen betrifft, so möcht ich selbsten gradheraus heulen, denn niemalen sind vier so anständige und wackere Gesellen wie er und ich, und Er, Meister David, und Er, Doktor Snorro, so heillos und miserabel abgetrumpfet und mit der Nasen in den Sumpf gestoßen worden! O Gedelöcke, Gedelöcke; – was saget Er, Snorro?«

Ehe der isländische Doktor seine Opinion kundmachen konnte, wurde die Tür aufgerissen, und wieder stand der Korporal Peter Pomperson da, griff an den Hut und rapportierte –

8.

Zum Beschluß

»Vermelde dem Herrn Gouverneur zu Gnaden, daß wiederum ein Subjektum von der Stadt heraufgestiegen ist. Kam mit dem Schoner Margareth von Göthaborg, sitzet mit seinem Sack und mit Zähneklappen auf der Trepp und nennet sich mit seinen Namen Henrich Israel, weiland der Juden Vorsinger zu Kopenhagen.«

Dieses Mal tat der Doktor Snorro einen langen Pfiff; der Famulus David Bleichfeld schnellte gleich einem Lachs aus seinen Kissen auf, und der Obrist von Knorpp ächzte:

»Herein, herein, ich lasse alles über mich ergehen, und wo man mich in meinen Sünden vergraben wird, ist mir auch einerlei: Marsch, Korporal, bringe Er den Juden!«

Der Korporal trat ab, und nach einer Minute vernahm man draußen ein Zerren und Schlurfen und eine weinerliche Stimme, so sich höchlichst entschuldigte der großen Störung und Molesten halber; dann wurde die Türe zum zweiten Male geöffnet, und von der kräftigen Faust Peter Pompersons vorgestoßen, flog der Meister Henrich Israel in das Gemach:

»Gott Abrahams und Jakobs, welch ein Schicksal!«

Es vermag aber keine Feder das gegenseitige Anstarren zu schildern.

»Seid Ihr es? Seid Ihr's im Fleisch und Gebein, Meister Israel?« rief der Exfamulus. »Wie sehet Ihr aus? Wer hat denn Euch also mitspielen können? Eheu, eheu, welch ein Schauspiel, welch eine Wehmut!«

»Meine eigene Mutter möcht mich wohl nicht wiedererkennen; was haben die Herren nötig – feine Seif, Haarband, den Zopf zu wickeln? Tausend Lieblichkeiten; – soll ich aufmachen den Kasten, soll ich aufbinden den Sack?«

»Wer schicket Ihn dergestalt durch das Land?« fragte der Doktor Skalholt. »Was ist aus Seinem Vorsingertum worden? Wer hat Ihn also in den Klauen gehabt?«

Des armen Teufels Standhaftigkeit hielt nicht länger; in lautes Weinen brach der wandernde Krämer Henrich Israel aus, und mit Händeringen rief er:

»Bin ich noch länger Vorsinger an der Synagog zu Kopenhagen, wie ich es bin gewesen an die zwanzig Jahr? Nein, ich bin es nicht. Der arme Jud hungert und friert auf der Landstraß; sie haben ihn ausgestoßen um den Kurator Jens Pedersen Gedelöcke; sie haben ihm den Ehrenrock ausgezogen und ihm den Bettelsack angehänget. Gott meiner Väter, weil er ein Gelehrter im Tempel war und Bescheid wußt im Gesetz und reden konnt darüber, haben sie ihn gestoßen vom Stuhl und seinem Gesang ein Ende gemachet –«

»Hoho, ich riech's, ich riech's«, rief der Kommandant, »da haben wir das Schwanzende! Auf ihn, Henrich Israel, ist's zu allerletzten ausgegangen, und weilen er mit dem Kurator den Mosen und die Propheten traktieret und ihm vorgesungen hat, hat seine Nation Ihm den Greuel in die Schuh geschoben und ist über Ihn hergefallen mit den Fingernägeln! Denn sintemalen nun der Jens begraben lieget auf der Jüden Kirchhof –«

»Lieget er begraben auf der Jüden Kirchhof?« schrie der Meister Israel im höchsten und kläglichsten Diskant. »Mit nichten lieget er auf der Jüden Kirchhof! Auf dem freien Felde liegt er, und das Vieh weidet über seinem Grabe.«

Der Exfamulus hatte seine Bettdecke von sich geschleudert und stand mit den nackten Füßen auf dem Boden; der Obriste Benediktus von Knorpp hatte seine tönerne Pfeife an die Wand geworfen und hielt den Exvorsinger an der Gurgel; der isländische Doktor Snorro Skalholt aber – griff ruhig nach dem Krug Schiedamer und sprach mit Gelassenheit:

»Simplex sigillum veri, sagte mein Freund, Herr Hermann Boerhavius zu Leyden; verzähle Er weiter, Monsieur Israel.«

Mit einem tiefen Seufzer hatte der Obrist die Kehle des unglücklichen Hebräers losgelassen und war kraftlos auf den nächsten Stuhl gefallen; der Famulus des weiland Kurators Jens Pedersen Gedelöcke hatte die Füße von den kalten Platten wieder in die Höhe und die Decke über sich gezogen; der Exvorsinger von Kopenhagen sprach mit Zittern weiter:

»Bin ich nicht gekommen deshalb über Fels und Wasser, durch die Wüste und den Wald, zu sagen, wie es ausgegangen ist mit dem Herrn Kuratore? Mein, wie konnten sie ihn lassen liegen unter ihren Vätern, da er doch nicht ein Jud war, sondern ein christlicher Mann, wie es keinen bessern gab im Königreich Dänemark und Norwegen?! Wohl haben sie mich aufgegriffen, um daß ich den Spott über sie gebracht hätt, und sind über mir zu Gericht gesessen, weilen mich der Verstorbene als seinen Freund hielt und mit mir das Gesetz und die Zeremonien beredete. Es war ein groß Wehklagen und Wimmern in unserm Volk ob der Unreinigkeit, so auf es geleget war; und alt und jung hat im Sack und in der Asche gesessen bei Tag und Nacht und zum Herrn geflehet, wie die Väter vordem fleheten gegen den Antiochus, gegen Assyria und Babylon, gegen den König aus dem Land Chitim und die Stadt Rom. Und der Gott Abrahams hat den Jammer angesehen und sein Volk erlöset aus der Schmach um hundert Dukaten, die hat man erleget an den Konvent, so auch das Seidenhaus genennet ist. Ist um solche hundert Dukaten eine neue Resolution ergangen, des Sinnes, daß, weilen auch die Jüden des weiland Kuratoris Jens Pedersen Gedelöcken Leichnam nicht wollten, sie ihn zum zweitenmal wiederaufgraben dörften und zum drittenmal ihn beisetzen zweihundert Schritte von ihrem Totenacker auf dem allgemeinen Feld. Haben die Rabbiner und Ältesten mich herfürgezogen aus dem Winkel und mir die Schaufeln auf die Schulter geleget und mich hingeführet zu dem Ort der Unreinigkeit; da hab ich mit Tränen die steinigte Erd aufgegraben, und mit Stricken ist der vermoderte Sarg aufgezogen und dann zum drittenmal verscharret. Da hat die Stadt wiederum ihr Gaudium gehabt; ich aber bin mit Tränen hinausgegangen aus der Gemeinde, und sie haben mir nachgespieen in das Elend. Ich bin ausgestoßen worden aus der Gemeinschaft meines Volkes; wenn ich läge, wo der Herr Kurator lieget, so würde es besser um mich bestellet sein.«

»Hat einer hierzu noch irgend etwas zu sagen?« rief der Doktor Snorro Skalholt, und als niemand den Mund auftat, sprach er selber:

»Wenn ich in Bedacht nehme, wie alt der Mensch werden kann, ohne aufzuhören ein Esel zu sein, so möchte ich mir selber zu einem Greuel werden. Da bin ich jung geworden zu Reykjavik im alten, klugen Island, und war auch meine Frau Mutter eine merkwürdig

gescheite Frau. Da hab ich studieret mit dem weltberühmten Boerhavius zu Leyden auf der glorreichsten Universität, und sie haben
mir ins Testimonium geschrieben, daß es nichts Geringes sei um
mein Ingenium, hab mir auch sonsten zu Paris, Bologna und in
Teutschland mit Finessen, Schlauheit und guter Kapazität fortgeholfen, bin mit offenem Aug an die dreißig Jahr hinter diesem hier
gegenwärtigen Herrn Benediktus von Knorpp, pro tempore Gouverneur von Friedrichshall, hergezogen, einerlei ob zur Viktoria
oder Retirade. Hab mir fortgeholfen bis zu dem heutigen Tage,
sintemalen ich mich immer ans Messer gehalten hab und niemalen
an die Fiduz auf die Menschheit. O Jens Pedersen Gedelöcke, wie
hat die Narrheit dem Snorro Skalholt das Bein gestellet! Pardauz, da
stolpert der Tropf über deinen Leichnam und schlägt hin auf die
kluge Nase, daß es krachet. Ja, der kluge, kluge Snorro Skalholt,
dem Mynheer van der Tromp und ganz Holland nicht zuviel waren, wie hat er sich durch Ihn und für Ihn übertölpeln lassen, Herr
Gedelöcke! O Kommandante, wie sind sie über uns gekommen,
Christen und Juden, der Herr Hieronymus Moekel wie Meister
Jakob Jakobson der Oberrabbiner! Pfui, pfui, das ist noch siebenmal
schlimmer denn die Bataille bei Helsingborg, wo wir so wacker vor
dem Stenbock liefen; – was saget Er jetzo zu diesem stillen Winkel
hinter den Leuten, Obrister von Knorpp? Hat Er Lust, seine fürwit-
zige Nase noch einmal hinauszuschieben in die Welt nach solcher
Blamage?«

»Tornea und Wardoehuus wären mir lieber!« stöhnte der Gouverneur von Friedrichshall. »O Jens, Jens, o Jens Pedersen Gedelöcke, du magst wohl lachen da drüben; aber unsereinem wird's doch
schwarz vor den Augen, und wer nicht rabiat wird, wie der alte
Benedikt Knorpp, der setzet sich in die Jammerecke wie dort der
David, oder ziehet mit Winseln durch das Land, wie der dort mit
dem Bettelsack. Holla, an die Gewehre! Auf Schloß Friedrichsstein
bin ich Gouverneur, und wer sich hinter mich stellet, der soll fürs
erste fein sicher stehen. O Gedelöcke, Gedelöcke, es war doch ein
lustiger Sommertag in Rosenborg-Have; – rücke Er an den Tisch,
Monsieur Henrich Israel, stelle Er den Stock hinter den Ofen; –
o Jens Pedersen Gedelöcke, wer lange lebt, kann vieles erleben;
schiebe Er den Krug herzu, Meister Snorro, die Welt will einmal
Fangball spielen, und wir können's nicht hindern; morgen geb ich's

Ihm manu propria schriftlich, daß Er mit meinem abgelegten Pelz nach Seiner Kunst und Begierde anfangen mag, was Ihm beliebet!«

Hierauf sah der isländische Feldscherer Snorro Skalholt zum erstenmal in dieser Historie aus wie ein Mensch; und mit sonderbarer Vergnüglichkeit schmunzelnd sprach er:

»Kommandante, da hat Er doch endlich einmal einen verständigen Einfall! Hätt's Ihme fast nicht mehr zugetrauet.«

Über tredition

Eigenes Buch veröffentlichen

tredition wurde 2006 in Hamburg gegründet und hat seither mehrere tausend Buchtitel veröffentlicht. Autoren veröffentlichen in wenigen leichten Schritten gedruckte Bücher, e-Books und audio-Books. tredition hat das Ziel, die beste und fairste Veröffentlichungsmöglichkeit für Autoren zu bieten.

tredition wurde mit der Erkenntnis gegründet, dass nur etwa jedes 200. bei Verlagen eingereichte Manuskript veröffentlicht wird. Dabei hat jedes Buch seinen Markt, also seine Leser. tredition sorgt dafür, dass für jedes Buch die Leserschaft auch erreicht wird.

Im einzigartigen Literatur-Netzwerk von tredition bieten zahlreiche Literatur-Partner (das sind Lektoren, Übersetzer, Hörbuchsprecher und Illustratoren) ihre Dienstleistung an, um Manuskripte zu verbessern oder die Vielfalt zu erhöhen. Autoren vereinbaren direkt mit den Literatur-Partnern die Konditionen ihrer Zusammenarbeit und partizipieren gemeinsam am Erfolg des Buches.

Das gesamte Verlagsprogramm von tredition ist bei allen stationären Buchhandlungen und Online-Buchhändlern wie z. B. Amazon erhältlich. e-Books stehen bei den führenden Online-Portalen (z. B. iBookstore von Apple oder Kindle von Amazon) zum Verkauf.

Einfach leicht ein Buch veröffentlichen: **www.tredition.de**

Eigene Buchreihe oder eigenen Verlag gründen

Seit 2009 bietet tredition sein Verlagskonzept auch als sogenanntes "White-Label" an. Das bedeutet, dass andere Unternehmen, Institutionen und Personen risikofrei und unkompliziert selbst zum Herausgeber von Büchern und Buchreihen unter eigener Marke werden können. tredition übernimmt dabei das komplette Herstellungs- und Distributionsrisiko.

Zahlreiche Zeitschriften-, Zeitungs- und Buchverlage, Universitäten, Forschungseinrichtungen u.v.m. nutzen diese Dienstleistung von tredition, um unter eigener Marke ohne Risiko Bücher zu verlegen.

Alle Informationen im Internet: **www.tredition.de/fuer-verlage**

tredition wurde mit mehreren Innovationspreisen ausgezeichnet, u. a. mit dem Webfuture Award und dem Innovationspreis der Buch Digitale.

tredition ist Mitglied im Börsenverein des Deutschen Buchhandels.

Dieses Werk elektronisch lesen

Dieses Werk ist Teil der Gutenberg-DE Edition DVD. Diese enthält das komplette Archiv des Projekt Gutenberg-DE. Die DVD ist im Internet erhältlich auf **http://gutenbergshop.abc.de**

FSC
www.fsc.org
MIX
Papier | Fördert
gute Waldnutzung
FSC® C083411

Zeitfracht Medien GmbH
Ferdinand-Jühlke-Straße 7
99095 Erfurt, Deutschland
produktsicherheit@kolibri360.de